낭만적 속물들

낭만적 속물들

전보라 지음

답

프롤로그

삶을 글로 옮기는 일을 업으로 삼고 있는 내가 나의 연애사를 글로 남기는 건 내게 아주 일상적이다. 그러나 나와 연애를 했던 상대방에게는 그 사람의 성향에 따라 아주 감격스러운 일이 될 수도 있고 불쾌한 일이 될 수도 있으며, 혹은 그 연애의 온도에 따라 아름다운 추억이 되거나 불미스러운 사건이 될 수도 있다고 늘 생각한다. 그래서 나의 연애담을 기록으로 남기고, 또 불특정 다수와 공유하기는 소설이나 시를 쓰는 것보다 몇 배 더 어렵고 까다롭다.

그럼에도 불구하고 내 크고 작은 연애사 중 글로 기록하는 건 내게 어떤 방식으로든 영향 또는 영감을 주었기 때문이고, 그래서 나는 그 상대들에게 감사한다. 그리고 그 상대들 역시 어깨를 조금 으쓱해도 될 일이라 생각한다. 어찌 됐건 누군가와의 일을 기록하여 곱씹는다는 것은 그 일이 역사의 뒤안길로 사라지지 않고 오래도록 추억된다는 것이니 말이다.

물론 추억의 정도는 마음의 크기에 비례하지는 않는다. 어쩌면 지독히 사랑했던 기억은 차마 글로 옮겨 적지 못할 수도 있고, 잠시 스쳐 지나갔던 인연임에도 글로 옮겨 놓으면 꽤 그럴싸할지 모른다.

이 말을 하는 것은 이제부터 펼쳐질 이야기 속에 등장하는 인물들에게 약간의 변명을 함과 더불어 밑밥을 깔기 위함이다. 우리 둘만 알고 싶었던 일일 수도 있고 당신들의 의도와 전혀 다른 각주가 달려 있을 수도 있지만, 이것은 철저히 내 관점에서 재해석되고 시간의 흐르면서 왜곡되기도 했으니 우리의 이야기라기보다는 그저 내 이야기로 읽어주시길. (조금 이기적이라 해도 어쩔 수 없다. 당신이 만난 여자의 태생이 그렇다.)

그리고 이 글을 읽는 모든 연애지상주의자, 나의 동지들에게 미리 인사를 하고 싶다.

이 책은 세상에서 가장 어려운 일을
가장 멋지고 나답게 해내고 있는 당신들에게 바치는
따뜻한 위로주이며, 열렬한 응원가이며, 나의 오마주입니다.

연애지상주의자 J로부터

CONTENTS

Chapter 02

나의 사전에는
당신의 이름이 붙은
단어들이 많아졌다

Chapter 03

우리를 이렇게까지
비참하게 만드는 건
연애뿐이었다

Chapter 04

연애지상주의자의 변

Chapter 01

나와
　　당신의
연애

"나는 낭만을 아는 사람이 좋다."

낭
만이라는 단어가 이제는 더 이상 쓰지 않는 고어처럼 낯설어졌다. 현실에 매이지 않고 감상적이고 이상적으로 사물을 대하는 태도나 심리 같은 건 사치스럽고 남사스러운 것이 되어버렸기 때문이다. 그런 의미에서 낭만은 로맨스가 아니라 낭비와 태만의 줄임말일지도 모른다. 절약과 열심, 근면·성실 사이에는 낭만이 끼어들 틈이 없다. 시간이든 돈이든 무엇인가 낭비할 때, 쉴 틈 없이 바쁘기보단 무념무상으로 늘어져 있을 때에야 비로소 낭만은 쓱 발을 끼워넣기 마련이다. 그러다 보니 현실적인 것이 합리적인 것이 되고, 합리적인 것이 최고가 되어버린 '가성비 시대'에 연애를 논하는 건 얼토당토않은 일이 되어버렸다. 생각해보면 연애만큼 낭만에 매여 비합리적 행동을 일삼는 짓이 또 어디 있겠는가.

요즘 시대에 낭만에는 언제나 수고로움을 동반한다. 그만큼 현실에 매이지 않고 감상적으로 사는 것이 현실에 순응하는 것보다 어려워졌다는 얘기다. 생각해보라. 현실을 외면하는 것이 얼마나 수고로운 일인지. 그래서인지 사람들은 언젠가부터인가 오글거린다는 말을 쉽게 쓰고, 낭만을 '오글거린다'는 말로 부수어버린다. 하지만 나는 이 시대에 반기를 들기 위해 절대로 '오글거린다'는 말을 쓰지 않는다. 누군가라도 부지런히 쓰지 않아야 언젠가 옛말처럼 쓱 사라져버리지 않을까 해서 말이다.

나는 나와 같이 이 척박한 시대에 낭만을 아는 사람이 좋다.

아침 출근하는 버스에서 팝송을 흥얼거리는 버스 기사 아저씨가 좋고, 자신이 가장 좋아하는 꽃의 꽃말이 무엇인지 알고 있는 친구의 어머니가 좋다. 우연을 운명으로 과장하고, 작은 것에 의미를 부여하고 곱씹는 사람들이 좋다. 어느새 닮아버린 서로의 취향과 관심사도, 상대를 위해 한 번도 해보지 않았던 일에 기꺼이 내보는 용기도, 함께 있으면 꽉 막힌 도로도, 바글거리는 시장도, 힘든 비탈길도 마다하지 않는 그 수고로움도 다 좋다. 사랑하는 사람을 떠올리는 것만으로도 발그레해지는 홍조가, 사랑하는 이를 바라보는 따뜻한 눈빛이, 자꾸만 터져나오는 웃음을 참기 위해 깨무는 입술이 그렇게 사랑스러울 수가 없다.

그래서, 나는 당신이 참 좋다.
낭만을 모르는 사람은 절대 이 책을 읽지 않을 것이므로, 나는 분명 당신을 좋아할 수밖에 없을 것이다.

모든 연애는
1인칭 주인공 시점이다

내가 처음 쓴 연애소설 『연애가 끝났다』는 1인칭 주인공 시점이다. 주담이라는 여자 주인공의 감정만을 줄기차게 좇아가는 소설이다. 그래서 소설 속에 등장하는 주변 인물의 마음과 상황은 모두 그녀라는 프리즘을 거친 후에 표현된다. 이러한 설정이 소설에서 어떤 역할을 하게 되냐 하면 설사 '그런 뜻'이 아니었다 하더라도 그녀가 '그런 뜻'으로 받아들이면, 그건 소설 속에서 '그런 뜻'인 걸로 쓰인다는 이야기다. 그래서 이 소설 속에서는 그녀가 믿고 살아가는 것만이 진실이고 사실이다.

처음엔 아무래도 다른 주인공들의 이야기를 풀어내기 어려워

3인칭으로 바꿔보려고도 했다. 그리 어려운 일이 아니라는 생각에 '나'라고 서술된 부분을 '담이'라는 주인공 이름으로 바꾸어 쓰기 시작했다. (지금 생각하면 참 안일하고도 무식한 생각이지만!) 그런데 몇 문장은 그럴싸한가 싶더니 한 장이 채 넘어가기도 전에 문장이 모두 어색해지면서 균열이 일어났다. 1인칭 주인공 시점에서는 자연스럽고 진솔해 보이던 문장이 3인칭이 되자 설명적이고 고루해졌다. 연애가 감정의 흐름이 아니라 어떤 사건이 되자 그 맛을 잃어버린 것이다. 나는 처음으로 돌아가 1인칭 시점으로 다시 소설을 쓰기 시작했고 소설은 첫 문장부터 마지막 문장까지 여자 주인공 '주담이'를 중심으로 채워졌다.

잘 몰라서 시작한 이 번거로운 과정을 거치면서 내가 깨달은 아주 중요한 진리는 모든 연애는 1인칭 주인공 시점이라는 것이다. 전지적 작가 시점처럼 상대방의 상황과 마음을 오롯이 알수 있다면 우리의 연애는 아무 싸움과 갈등도 없이 영원하거나, 아니면 반대로 금세 식어서 끝나버릴 것이다. 그리고 그건 아주 재미없고 또 의미 없는 일이다. 그래서 연애를 할 때는 알면서도 가끔은 모르고 넘어가주는 관용이, 조금 돌아가도 상대방에게 물어물어 그 마음에 난 길을 찾아가는 여유가 필요하다.

연애란 자신이 주인공인 1인칭 주인공 시점의 소설을 써 내려가는 것. 어차피 약간의 오해와 왜곡, 자기중심적인 해석과 겸허

한 자기비판이 그 소설의 전부다. 지금 당신이 전부라고 생각하는 상대방의 말과 행동은 주변의 자극일 뿐, 절대로 주인공의 것이 되지 못한다.

왜냐고?
연애는 '1인칭 주인공 시점'이니까.

내 마음의 물길에
처음 홍수가 났던 날

우리 마음에는 감정이 흘러가는 물길이 있다. 그 물길로 감정이 많이 흐르면 흐를수록 길이 넓어져 더 많은 것을 담을 수 있게 되고 그럴수록 유속이 줄어들어 조급함도 사그라진다. 우리 마음은 그렇게 감정과 경험으로 물길을 넓히면서 조금씩 성장한다.

나의 물길은 어려서부터 많은 감정이 뒤엉키며 또래보다 폭이 훨씬 넓어졌다. 그리고 이미 넓어진 물길 탓에 나는 아직은 어려도 될 나이에도 어리지 못했다. 어리지 못하다는 것은 떼쓰지 않는다는 뜻이고, 떼쓰지 않는다는 것은 내가 가지고 싶은 것이 있어도 무리해서 욕심내지 않는다는 뜻이다. 나는 가져도 될 것만 가졌고, 가질 수 있는 것만 가졌다.

누구에게든, 무엇이든 요구하지 않는 삶이란 밖에서 보기에는 평온하고 여유로워 보이지만 실은 백조처럼 물 아래서는 열심히 물장구질을 하기 때문에 가능한 삶의 방식이다. 나는 요구하지 않기 위해서 많은 것을 스스로 채워나가야 했고, 이해의 진폭을 끊임없이 넓혀야만 주어진 삶을 이해할 수 있었으며, 남에게 베풀기 위해 나 스스로에게 더욱 인색하게 굴어야만 했다.

지금 와서 나의 삶을 돌이켜보면 나는 항상 사랑에 부족함을 느껴왔고 상대방은 내 사랑을 버거워했는데, 그건 아마 누군가의 사랑으로 채우기에는 내 물길이 지나치게 넓고, 누군가 내 사랑을 받기에는 내 마음이 과하게 흐르고 넘쳤기 때문이 아닐까 싶다.

내게 처음으로 넘치도록 사랑을 준 그는 아주 좁은 물길을 가지고 있는 사람이었다. 그는 욕심내지 않아도 많은 것을 얻을 수 있는 환경에서 자랐고 나처럼 꼭 무언가를 이해해야만 하는 배경을 가지고 있지도 않았다. 그는 물길을 넓혀 휘몰아치는 감정을 감당해야 할 필요성을 느낄 수 없는, 아니 느낄 필요가 없는 아주 넉넉한 삶을 살아왔다. 나를 만나기 전에 그의 삶은 조

르주 페렉의 『사물들』 1장에 나오는 것처럼 오직 그를 위해서 만들어진 것이 아닌가 하는 착각이 들 정도로 완벽하게 조화를 이룬 사물들에 둘러싸여 있었다. (적어도 내가 보기엔 그랬다.) 언제나 모든 것이 충분하고, 요구하면 무엇이든 얻을 수 있는 것이 바로 그가 정의하는 삶이었으니까. 그래서일까, 그의 좁은 물길을 따라 흐르는 마음은 유속이 빨랐다. 고민과 망설임 따위 없이 위에서 아래로 중력에 몸을 맡긴 채 내게 막힘없이 흘러들어 왔다. 가끔은 내가 미처 감당하기 어려울 정도로 빠르게 나를 향해 흘러들어와 흙탕물이 될 때도 있었다. 그러나 내겐 항상 사랑이 모자랐던 탓에 끝없이 흘러들어오는 그 사랑이 그저 고마웠다.

그렇게 항상 모자란 삶을 스스로 넓히며 살아온 나와,
항상 넘치는 삶을 주어진 대로 살아온 그가 만난 것이다.

우리는 분명 다른 방식으로 살아왔지만, 다행스럽게도 그 방식이 채 굳어지기 전에 서로를 만났다. 나는 그를 만나 처음으로 내가 원하는 것을 얻기 위해 떼를 써보았고, 그는 나를 만나 처음으로 노력해도 얻을 수 없는 것이 있음을 인정했다. 그렇게 나는 그를 만나서 조금씩 어려졌고, 그는 나를 만나서 조금씩 나이가 들어갔다. 그렇게 우리의 나이는 시간이 흐르며 제자리를 찾아가는 듯했다.

겨우 스무 살이 갓 넘은 나이에 그는 가끔 결혼을 요구하기도 했다. 흔히들 사용하듯 '사랑해'의 최상급 표현 정도로 결혼이라는 단어를 입에 올렸다기보다는 나에게 떼를 쓰는 방법 중하나였다. 아주 가끔은 어리석게도 그와 결혼을 하고 싶었다. 나를 향한 그 지대한 사랑에 소유가 동반되어야 한다면 당장에라도 그의 소유가 되어주면 되는 것 아닌가 하는 짧은 생각에서다. 그가 내게 "네가 나 아닌 다른 사람들을 만났던 2년 동안만나도 다른 사람을 만나고 올 테니 기다려주라. 그리고 결혼은너랑 할래."라고 철없는 말을 뱉었을 때, 나는 그러라 했다. '그의앞에 너무 일찍 나타나버린 내 탓도 있지 않을까?' 하곤 그의 끝없는 질투에 내 탓을 찾는 것으로 나는 그를 이해해보려 부단히 노력했다. 조금 버거웠지만, 조금 천천히 흘러줬으면 좋았겠지만, 그마저도 바라지 않았다. 나는 여전히 어리지 못했다.

우리는 사랑하는 동안 밤을 새워 이야기하는 날이 많았다. 아무리 묻고 물어도 서로에게 궁금한 것투성이였고, 그는 밤새이야기를 하다 동트는 창밖을 보는 것을 좋아했다. 서로의 삶을 결코 이해할 수 없다는 것은 우리에게 수많은 이야깃거리를 던저주기도 했지만 실은 우리의 관계가 언젠가는 끝날 것임을 예견해주기도 했다. 나는 나를 사랑한다는 이유로 매사에 막무가내인 그가 가끔 버거웠고, 그는 무엇이든 이해하려는 나 때문에 종종 죄책감과 답답함을 동시에 느꼈으니까.

내 마음의 물길에 처음 홍수가 났던 날. 한 번도 넘치도록 사랑받았던 적이 없던 내 삶에 처음 쏟아진 빗줄기에 그만 견디지 못하고 둑이 무너져내렸던 그날, 하늘에서도 장대비가 내렸다. 마지막까지 그는 여전히 헤어지고 싶지 않다고 졸랐고, 나는 그런 그에게 우리가 헤어질 수밖에 없는 이유를 끊임없이 이해시켜야 했다. 그는 우산도 없이 비를 맞으며 어린아이처럼 울었고 '그래도 나보다 어른인 네가 맞겠지.' 하며 나를 이해해보려 나름 애를 썼다. 나는 그 모습이 안쓰러워 꼭 안아주고 싶었지만 그러지 못했다. 이별 앞에서 담담하지 못한 건 어른스러운 행동이 아니었으므로.

나는 사랑해서 헤어진다는 말을 믿지 않는다. 하지만 '너무' 사랑해서 사랑을 지나쳐버리면 헤어질 수 있다는 것을, 아니 헤어져야만 한다는 사실을 잘 알고 있다. 그의 말처럼 우리가 조금 더 나이가 들어 서로가 서로를 이해할 수 있을 때 만났더라면 조금 더 성숙한 연애를 지속할 수 있었을까? 뜨겁게 사랑하면서도 서로를 소유물로 여기지 않고, 서로가 다른 만큼 이해하고, 이해한 만큼 배려하면서 사랑하면서 살아내는 그런 연애 말이다.

하지만 이미 끝나버린 연애에 이런 가정 따위는 가장 의미 없는 일이다. 만약 그때 우리가 만나지 않았다면 우리는 영원히 서로의 인생에 행인1밖에 되지 못했을 테니.

앞으로도 나는 내게 처음으로 받아도 받아도 줄지 않는 사랑이 있다는 사실을 알려준 그에게 두고두고 고마워할 것이다. 그리고 마음에 난 둑길을 조금 더 단단히 다져두어야지. 그보다 더 큰 사랑이 와도 너끈히 견딜 수 있도록.

헤어졌다 다시 만나는 연인들은
꼭 같은 이유로 헤어진대

사람들이 대부분 말하기를 한 번 헤어졌다 다시 만나는 연인은 꼭 같은 이유로 헤어진다고 한다. 한 번도 헤어진 옛 애인과 재회하여 만남을 이어가본 적이 없는 나로서는 그 말을 그러려니 하고 믿는 수밖에 없었고, 가끔씩 누군가 '다시 만날까?'라고 내게 물어오면 '아니.' 하고 남의 일처럼 쉽게 대답해주면 그만이었다. (무책임한 조언이 아니라 판례에 따른 나름의 판결이었다.)

몇 달 전 2년 정도 만난 남자친구와 헤어진 그녀도 내게 몇 번쯤 '다시 만날까?' 하고 물어왔다. 더 정확히 말하자면 '다시 만나면 어떨까?' 하고 물었고 내가 대답을 하기도 전에 '아니야. 똑

같을 거야.' 하고 스스로 결론을 짓는 식이었다. 내게 다시 만나 보라는 대답을 원하는 것인지, 아니면 그런 마음이 드는 자신을 말려달라는 것인지 몰라 나는 매번 '헤어졌다 다시 만나는 연인들은 꼭 같은 이유로 헤어진대.' 하고 돌려서 말하듯 대답해주곤 했다.

2년이라는 짧지 않은 연애를 끝내버린 사람은 그였다. 삶의 무게가 벅차서 그녀를 감당할 여력이 없다는 것이 이유였다. 그녀는 누군가의 삶의 무게를 함께 견딜 만큼 농익은 사람이 아니었고, 사실 농익을 필요가 없는 초여름 같은 계절을 지나는 나이였다. 나는 찬란하게 빛나도 모자란 시간을 보내야 할 그녀가 누군가의 삶의 그림자 속에 파묻혀 햇빛을 보지 못하는 게 싫었다. 그런 팍팍한 연애는 그녀보다 차라리 3년쯤 숙성된 나에게나 어울릴 법했으니까. (그러나 나 역시도 피할 수 있다면 얼마든지 피할 용의가 있다.) 하지만 연애라는 건 언제나 그렇듯 인생 선배의 따뜻한 조언이나 책 속에 적힌 기가 막힌 기술보다 새벽에 도착한 찌질한 그의 문자의 영향력이 더 센 법이다. 그리고 그녀의 표정을 보아하니 어젯밤 그에게 문자가 온 게 분명했다.

그녀는 '다시 만나려고 만나는 거 아니야. 그냥 얼굴이나 보려고.'라고 나에게 변명하듯 말했다. 자신의 우매한 생각에 방어막을 쳐주던 나에게 미안한 마음이 드는 모양이었다. 하지만 나는

'그래 잘됐네. 잘 만나고 와.' 하고 말았다. 내가 생각하는 좋은 연애 상담은 그녀가 어떤 행동을 하기 전까지야 얼마든지 뜯어 말리거나 대신 그를 욕해줄 수 있지만, 그녀가 행동하기로 마음 먹은 뒤라면 (그게 그를 만나러 가는 것이든, 문자를 보내는 일이든, 아니면 욕을 한 바가지 쏟아붓는 일이든) 그저 '잘 생각했어.' 하고 응원해주는 것만이 내 역할이라는 생각에서이다. 어차피 선택은 그녀의 몫이고 그 선택에 따르는 책임을 질 사람도 그녀 이니까. 그녀는 그날 종일 우울한 표정을 감추지 못했다. 스스로 정말 잘한 생각인지 확신이 들지 않는 듯 고개를 내젓거나 한숨을 푹 쉬기도 했다. 그녀는 아마 다시 그를 만날 모양이다.

다음 날 조금 수척해진 모습으로 나타난 그녀는 아무래도 다시 만나기로 한 것 같다는 애매한 답변을 들고 왔다. 처음 연애를 시작할 때처럼 '우리 오늘부터 1일이다.' 하고 시작하는 연애가 아니다 보니 그녀도 조금 갸우뚱한 눈치였다. 물론 나는 그 재회가 달갑지 않았지만 크게 표현하지 않았다. 게다가 어제 그가 말하길 '너랑 사귈 때 네 옆에 내 편 하나쯤 만들어놓을 걸 그랬어. 헤어지고 나니 다들 잘됐다고만 했다며.' 하고 나를 겨냥하는 듯한 말을 했다기에 더더욱 말을 아꼈다. 이제부터는 그와 그녀의 몫이다. 다시 같은 이유로 헤어지든, 그런 징크스는 깨어지라고 있는 거라며 호기롭게 연애를 이어나가든 말이다.

*

5개월이 지난 지금 그들은 여전히 연애 중이다. 그는 이제 삶의 무게에 눌려 그녀를 방치해두는 대신 지칠 때마다 그녀에게 기댈 줄 아는 사람이 되었고, 그녀는 겉으론 툴툴대면서도 언제나 어깨를 내어줄 줄 아는 사람이 되었다. 물론 가끔 그는 예전처럼 그녀에게 쉽게 짜증을 내고 급히 사과하기도 하며, 그녀는 헤어짐을 무기로 그를 의기소침하게 만들기도 한다. 하지만 중요한 것은 그들은 누구보다 열심히 이 연애를 지켜나가고 있다는 사실이다.

나는 이제 헤어진 후에 다시 연애를 시작하려는 연인들에게 이전과 같은 조언을 하지 않을 생각이다.

깨진 유리 조각을 붙이면 언젠가 다시 깨지기 마련이라고?
글쎄. 한 번 깨졌던 유리그릇이든, 한 번도 깨지지 않았던 유리그릇이든 그건 중요하지 않아. 무엇이 됐든 조심히 하지 않으면 떨어트리는 순간 깨지기 마련이니까. 가장 중요한 건 그 유리그릇이 얼마나 귀한 것인지 알고 있느냐이고, 또 그걸 얼마나 소중히 다루느냐에 달려 있을 뿐이지.

사랑과 연애의
인과관계

　누구나 한 번쯤 짝사랑을 경험해봤을 것이다. 아주 가벼운 호
감이었다가 금세 팍 식어버린 비릿한 짝사랑이든, 아주 오랜 시
간 한 사람을 마음 깊이 담아두어 뭉그러질 대로 뭉그러진 짝사
랑이든, 혼자 시작하고 혼자 끝내는 처량한 짝사랑은 연애로 승
천하지 못한 이무기다. 누구나 짝사랑을 하면 그 사람과 연애하
는 상상을 한다. 하물며 그 상대가 절대 닿을 수 없는 유명인이
라 해도 상상에서 한 번쯤, 꿈에서 두어 번쯤은 그와 연애를 하
며 침을 꿀꺽 삼키기 마련이다.

　짝사랑이 연애로 이어지지 못하는 이유는 상대방에게 마음

을 표현하지 못해서일 수도 있고, 표현했는데 거절당해서일 수도 있다. 마음을 표현하지 못한 이유야 제각기 다를 텐데 그 사람에 비해 내가 너무 초라해서일 수도 있고, 본래 소심한 성격이어서일 수도 있고, 혹은 거절당할까 두려워서일 수도 있다. 물론 나처럼 말로 하지 않아도 온몸으로 '나 그대를 사랑하고 있소.' 하고 티가 나는 사람은 해당하지 않겠지만 마음을 표현하지 못해 끝나버린 짝사랑과 마음을 표현했지만 거절당한 짝사랑은 조금 다른 마지막을 맞이하게 되는데 전자는 상처를 준 사람은 없는데 상처받은 자신만 존재하여 미련이 길다. 혼자 이해했다가, 실망했다가 다시 기대했다가를 반복한다. 후자는 다행히 원망의 대상이 명확하다. 이제 내 마음을 거절한 그를 미워할 일만 남은 것이다. 물론 미워하는 일이 쉽지만은 않다. 누군가를 깊이 짝사랑하다 보면 그의 꾀죄죄한 모습은 소탈해 보이고, 까칠한 모습은 시크해 보이고 뭐 그런 거니까.

어쨌든 연애로 이어지지 못한 짝사랑은 분명 서글프고 아무렇지 않게 그를 마주하기 위해 견뎌야 하는 시간은 그야말로 전쟁 같은 시간이다.

내가 잘 알고 있는 그녀는 그 전쟁 같은 시간을 8년이나 보냈다. 나로서는 이해가 되지 않는 정도가 아니라 불가능하다고 생각되는 영겁의 시간이다. 어떻게 8년 동안 매일같이 얼굴을 마주 보는 사람을 짝사랑만 할 수 있단 말인가? 게다가 그녀의 사랑을 눈치채지 못한 그 아둔한 남자는 또 무엇이고. 그런데 그도 그럴 것이 그녀는 단 한 번도 자신의 사랑을 밖으로 꺼내어 표현한 적이 없었다. 그가 다른 여자와 연애를 시작해도 질투하거나 선택받지 못한 자신을 초라하게 생각하지 않았고, 또 그의 연애가 시답지 않게 끝난 후에도 고소해하거나 힘들어하는 그를 나서서 위로해준 적이 없었다. 그렇다고 쉽게 다른 남자에게 맘을 내어주거나 외로움에 연애를 기웃거린 적도 없었다. (그렇다. 그녀는 모태솔로였다.) 그녀는 그렇게 끝내려면 내일 당장이라도 끝낼 수 있지만, 결코 가볍지 않은 짝사랑을 8년이나 이어온 것이다.

연애지상주의자인 나는 결코 이해할 수 없는 짓이었기에 매번 그녀에게 '연애를 안 할 거면 짝사랑 그만하고 다른 사람을 만나봐.'라고 그녀를 타박했다. 연애하지 않는 그녀의 청춘이 아깝게 여겨졌기 때문이다. 아니, 아무리 생각해도 연애를 할 것도 아닌데 그리 오랜 시간 동안 돌려받지 못할 마음을 뭣 하러 품고 있느냔 말이다. 그럴 때마다 그녀는 '누군가를 좋아하면 꼭 그 사람이랑 연애를 해야 해?'라고 내게 되물었다. 난 마땅한 답을 찾지 못해 그러려니 했지만, 속으로는 연애가 보장되지 않는 짝사랑의 말로는 분명 독방 늙은이처럼 초라할 것이라고 생각했다.

그런데 시간이 지날수록 그녀의 짝사랑은 더 초라해지기는커녕 숙성되어갔다. 그 끝이 연애가 아닐지라도 그녀는 그의 앞날을 함께 걱정하고, 그의 고민을 나누기도 하면서 멀어지지도 가까워지지도 않으면서 거리를 유지하고 있었다. 그건 분명 그와 연애를 하기 위해 그를 꼬시는 여우 짓이 아니었다. (그녀는 순둥순둥한 얼굴을 한 곰 중의 곰이다.) 그녀는 그저 자신이 사랑하는 사람에게 할 수 있는 것들 예를 들어 공감, 위로, 걱정, 헌신, 침묵 등 을 할 뿐이었고, 연애하는 사이에 할 수 있는 것은 하지 않을 뿐이었다. 예를 들어 질투, 구속, 간섭, 지나친 걱정, 스킨십, 애정표현 등. 그건 그녀에게 사랑과 연애가 꼭 일직선상에 존재해야만 하는 인과관계를 가진 것이 아니라는 걸 의미했다. 그녀는 그렇게 시간으로 내게 반문하고 있었다. 오히려 연애를 기대하지 않는 짝사랑은 그 자체로도 행복할 수도 있지 않으냐고.

정말 그녀처럼 상대방에게 어떤 기대도 하지 않을 수 있다면, 사랑받지 못하는 것이 아니라 내가 그와의 연애를 선택하지 않은 것이라 자신할 수 있다면 잠깐의 외로움을 견디지 못해 시답지 않은 연애를 이어갈 바에야 꿋꿋하게 마음을 지키는 것이 더 나을지도 모르겠다. 연애가 없는 사랑은 그녀처럼 행복할 수도 있고, 나처럼 불행할 수도 있는 열린 결말이라면 사랑이 없는 연애는 분명 모두에게 슬픈 새드엔딩일 테니까.

*

그런데 아주 아이러니한 사실은 그녀가 올 봄, 그 길었던 짝사랑을 끝끝내 연애로 종결지었다는 것이다. (갑작스러운 반전에 배신감을 느꼈을지도 모르겠다.) 그녀가 용기 내 마음을 표현했거나, 그가 드디어 그녀의 마음을 눈치챈 것 아니냐고? 절대 아니다. 그녀는 생각보다 훨씬 소심하고, 그는 생각보다 훨씬 둔한 사람이다. 우습게도 그는 몇 개월쯤 짝사랑을 히다 그녀에게 고백을 해왔다. 불행 중 다행인 것은 그는 성격이 급해서 짝사랑의 시간이 그녀의 반의 반의 반도 못 미쳤다는 것이다. 옛날처럼 봉화를 피우거나 모스부호로 소식을 전하는 시대도 아니건만 이들의 사랑은 어쩌나 느리고 정성스러운지.

이제 둘은 사랑하는 사람에게 하는 모든 말을 서로에게만 하고, 연애하는 사이에서 하는 모든 것을 누리며 지내고 있다. 마음껏 기대하고 또 마음껏 서운해하며 서로에게 책임을 묻고 서로가 마음을 달래주는 '진짜 연애' 말이다.

나는 그녀가 누리는 연애의 시간이 지고지순한 짝사랑에 대한 보상이라고 생각하지 않는다. 그저 그녀가 사랑받아 마땅한 사람이기에 그에 응당한 사랑을 받고 있는 것뿐이다. 어쩌면 그녀는 나보다 연애엔 미숙할지 몰라도 사랑에는 능숙한 사람일지 모르겠다.

PS. 괜히 진 기분이 드는 건 기분 탓이겠지?

이게 다
네 편지 때문이야

　미리 밝혀두자면 사실 이 책에 이 이야기를 쓰게 될 줄 몰랐다. 만약 언니가 오랜만에 편지 꾸러미를 열어보지 않았더라면, 그래서 언니의 편지와 섞여 있는 내게 온 편지들을 내 책상 위에 올려놓지 않았더라면, 그래서 그 애가 내게 보냈던 편지를 보지 않았더라면 이 이야기는 그저 내 기억 언저리에 맴돌다 이내 사라졌을 것이다. 그런데 하필 언니가 몇 년 만에 편지 꾸러미를 열어보았고, 내 편지들을 내게 주었고, 나는 그 애의 편지를 내가 보게 되었으니, 이 이야기는 써야만 한다.

　이 이야기는 2014년 1월 11일 마침표가 찍혀 있다. 그날의 메모장에는 보내지 못한 장문의 메시지가 남겨져 있다. 그 메시지의 발신자는 나였고, 수신자는 나를 안 지 2주도 되지 않아 좋아한다고 고백해왔던 한 남자애. 그렇다. 내게 편시를 보낸 그 애였다.

기억을 더 거슬러 올라가 그 애와의 첫 만남은 2012년 겨울이다. 우리는 소개로 만났는데 솔직히 털어놓자면 내가 좋아하는 타입은 아니었다. 그는 활달해 보이지만 실은 내성적이고, 유약한 내면과 달리 체격이 우람했으며, 드러나는 것보다 감추고 있는 것이 더 많은 사람이었다. 수염 자국이 난 얼굴에 동그란 안경을 얹어놓은 모습이 뭐랄까, 약간 건장한 '레옹' 같았달까? (방금 레옹 사진을 찾아봤는데 무척이나 흡사하다. 당시 나는 마틸다만큼 짧은 머리를 하고 있었고 그 애와 키가 20센티미터 정도 차이가 났으니 얼핏 보면 레옹과 마틸다 같았겠다는 생각이 든다.)

그리고 그 애는 나보다도 훨씬 감수성이 풍부했다. 조곤조곤 말도 예쁘게 잘했고, 나를 만나러 오는 길에 꽃 한 송이를 사 온다든가, 레스토랑 냅킨에 편지를 써준다든가 하는 낯간지러운 행동도 곧잘 했다. 만날 때마다 무언가를 내게 쥐여주었는데 어떤 날은 그 큰 손으로 구슬을 엮어 팔찌를 만들어주기도 하고, 또 어떤 날에는 내가 좋아하는 어린 왕자와 우리가 태어난 1989년도가 새겨진 목걸이 펜던트를 선물로 주기도 했다. 나도 무언가 주었던 것 같은데 이상하게 내가 준 것들은 하나도 기억이 나지 않는다.

함께했던 몇 번의 데이트도 또렷하게 기억한다. 우리는 아무도 없는 학교 건물 위를 올라가 별을 보기도 하고, 그 애가 보면서 펑펑 울었던 「울지마 톤즈」를 학교 휴게실 흰 벽에 쏘아 보기도 하고, 만나면 서로의 휴대폰 메모장에 '오늘의 칭찬'을 적어주기도 했다. 하루는 내게 짧은 머리가 진짜 진짜 잘 어울린다고, 다음 날은 얼굴도 예쁜 애가 마음도 예쁘다고, 또 하루는 긴 시간을 함께해주어 고맙다고. (그 애는 내가 해준 칭찬을 아직 마음속에 간직하고 있을까? 문득 궁금해진다.) 어찌 됐든 그 애는 내가 하자는 건 뭐든 기꺼이 하려고 했고, 자기가 하고 싶은 건 모두 나랑 하고 싶어 했으며, 헤어질 때면 꼭 다음에 같이 할 일 같은 걸 만들었다.

그러나 마음이 조급했고 얼른 나를 손에 쥐고 싶어 해서 이른 고백을 해왔는데 아직 시간이 더 필요했던 나는 당시에 그 고백을 거절할 수밖에 없었다. 아직 영글지 않은 마음으로 누군가를 만나는 건 그 사람에게 상처를 줄 수도 있는 일이기에 나는 그렇게 할 수 없었다. 좀 더 시간을 달라고 했지만, 그 애는 그대로 멀리 떠나버렸다. 그리고 나는 단념했다. '그 앤 날 별로 좋아하지 않았던 거야. 나를 기다려주면서까지 만날 만큼의 마

음은 아니었나 보군. 쳇, 진심인 줄 알았는데.'

내색하지 않았지만 난 뾰로통해져 있었다. 나를 그렇게 좋아한다면서 왜 나를 기다려주지 못할까 하고.

어쨌든 그건 2012년 겨울의 이야기다. 그렇게 1년이 지나는 사이 그 애는 딱 한 번 내게 연락을 해왔는데 새벽 3시쯤 자기가 썼다는 시 한 통을 보내왔다. 과연 그 애다웠고, 나는 여전히 변하지 않은 그 애가 한편으론 고마웠다. 하지만 그때도 우리 관계에 큰 변화는 없었다. 그 애는 여전히 나를 원망하고 있는 듯했고, 나는 그 애가 아직 좀 괘씸했으니까.

그리고 또 시간이 흘러 2014년 겨울 오랜만에 춘천에 내려간 그날, 길에서 아주 우연히 그 애를 마주쳤다. 그날, 그곳에서 그 애를 만날 거라곤 정말 상상도 못했는데. 정말 추운 겨울날이었는데 우리는 그린티 라테 한 잔씩을 들고 1시간이 넘도록 학교 운동장을 돌며 이야기를 나눴다. 그 이야기들이 이상하게도 마음에 남아 쉽게 자리를 뜨지 못했다. 시간이 허락한다면 동이 틀 때까지 밤새도록 계속 이야기를 나누고 싶을 정도였다.

그 애는 알았을까? 추위 알레르기가 있어 추운 곳에 오래 있지 못하는 내가 자신과 이야기를 나누고 싶어서 입술이 파래지도록 운동장을 걸었다는 사실을. 그리고 같이 울릉도에 자신이 존경하는 선생님을 만나러 가자 했을 때 내가 '응'이라고 대답하기까지 어떤 고민을 했는지를, 그 애는 알고 있었을까? 진심에 진심으로 응답하는 일은 좋아하는 사람에게 고백하는 것만큼의 용기가 필요하다는 사실을 그 앤 아마 몰랐을 거다.

그날 이후 나는 그 애를 보러 춘천에 가기로 약속했는데 그건 나에게 '고백'과도 같았다. 그건 너무나 명백히 진심에 진심으로 응답하는 일이었으니까. 그런데 디데이를 앞둔 하루 전날, 그 애는 이유도 말해주지 않고 나와의 약속을 깨버렸다. 그래. 그래서 화가 났던 거다. 정말 나에 대한 마음이 진심이었다면 그럴 수 없었을 테니까. 내가 그 애를 너무 좋은 사람이라고 착각한 걸까? 마음 저 끝에서 배신감이 몰려왔다.

여기서부터는 당시의 화가 잔뜩 배어 있는 메모의 일부분이다.

그래, 그럼 그렇지. 나를 좋아한다고 말하는 사람들은 다이 모양이야. 나를 꼬드겨서 실컷 자기를 좋아하게 만들어놓고 발을 빼서 나를 덩그러니 초라하게 만들어. 그냥 다 찔러보는 거지? 외로우니까. 그냥 연애를 하고 싶은 것뿐이지 꼭 내가 아니어도 됐던 거야. 근데 나는 그것도 모르고 혼자 고민하다 결국은 그 사람을 좋아하게 된 거지. 그런데 이게 뭐야? 어느 순간 나 혼자 짝사랑하고 있잖아. 이거 진짜 코미디 아니니? 그러니까 내가 항상 먼저 좋아하는 거야. 그럼 최소한 배신당할 일은 없거든. 상대방이 좋아해주면 고마운 거고. 그래서 그랬어. 네가 날 좋아한다고 한 말을 못 믿었던 것도, 너에게 어떻게 사람을 그렇게 빨리 좋아할 수 있냐고 물었던 것도 다 겁이 나서 그랬던 거야. 난 먼저 나 좋다는 사람 못 믿거든. 내가 진심으로 응답하면 네가 또 발뺌할지도 모르니까. 근데 난 정말 너는 다르다고 생각했거든. 그래서 처음으로 믿어보기로 한 거였는데 또 아니었나 보다. 착각한 내 탓이지 뭐 어쩌겠어. 그래도 이렇게 하루 전날 약속을 깨버리는 건 정말 나빴어.

물론 진실은 내게 있지 않다. 나는 저 메시지를 끝내 보내지 못했고 여전히 그날 그 애가 왜 약속을 깼는지 이유를 알지 못하니까. 뭐, 내게 변명도 하지 못할 만큼 중요한 일이 있었겠지. 차라리 그랬기를 바란다. 그래야 내가 좀 덜 초라할 것 같아서.

그 애와의 인연은 거기서 끝이 났다. 이미 끝나버린, 그것도 연애도 아니었던 이 관계를 꺼낸 이유는 그 애가 준 편지에 늦게나마 답장을 보내기 위해서다. 악으로 가득 찼던 삶에 내가 구원이었다고 말하는 사람, 9회 말 2아웃 만루 상황에 홈런을 날려 상황을 역전시켜줄 사람이 나라고 믿었던 그 애에게 그때는 하지 못했던 말들이 남아 있어 나는 이 글을 통해 혼자만 알고 있던 이야기를 전하려 한다.

이 글은 네가 읽었으면 해서 쓴 거니까, 너는 꼭 알아줬으면 하는 이야기로 짧은 글을 마치려고 해. 늦었지만 이게 내 답장이라고 생각해도 좋겠다.

네가 있는 그곳에도 서점이 있겠지? 요즘엔 인터넷으로 주문하면 하루이틀이면 책이 오기도 하더라. 내가 아는 너는 분명 말하지 않아도 이 책을 사서 볼 테지만 말이야. 근데 네 이야기가 있을 거라곤 상상도 하지 못했겠지? 우리는 단연코 '연애'를 한 적이 없으니까. 넌 분명히 이 글을 읽고 좋아했을 거야. 내가 꽤 자세히 기억하고 있어서 놀랐을 테고. 그리고 무릎을 '탁' 치며 그때 그냥 만날 걸! 하고 후회를 하거나 아니면 내게 여전히 말 못할 그 이유 때문에 혼자 속앓이를 할지도 모르겠다. 아니, 어쩌면 그냥 어깨 한 번 으쓱하고 말려나? 모든 건 나 혼자만의 기대일 뿐이니까.

어쨌든 내가 하고 싶은 말은 이거 하나야. 짧지만 네가 나에게 했던 모든 말과 표현에서는 언제나 진심이 뚝뚝 묻어나왔고 나는 그게 정말 고마웠거든. 그 큰 손으로 나를 한 번 꽉 잡지도 못하는 조심스러운 네 모습이, 아무리 눌러담아도 자꾸만 튀어나오는 네 진심이 나를 귀한 사람으로 만들어줘

서 지금 생각해도 그때 난 참 사랑스러운 사람이었다 추억하
게 해.

그리고 또 한 가지. 내가 네 인생의 9회 말 2아웃 만루 상
황에서 나타난 홈런 주자가 아니었던 것이 아니라 네 인생이
그땐 아직 3회 말 정도밖이 안 됐던 걸 수도 있다는 말도 꼭
하고 싶었어. 수년이 지난 지금도 우린 절망하기엔 너무 어려.
한참을 온 것 같지만 아직 반절도 지나지 않았을지도 몰라.
그러니 앞으로는 너무 성급하게 굴다 빈 볼을 던지지도 말
고, 지레짐작으로 포기하고 볼넷으로 주자를 내보내는 일도
없었으면 좋겠다.

우리 삶도, 사랑도, 인연이라는 것도 모두 야구처럼 끝날
때까지 끝난 게 아니니까 말이야.

PS. 지금은 새벽 4시야. 며칠 열대야 때문에 못 자다 오늘
은 좀 선선한 밤인데 괜히 센치해져서는 잠을 못 잤어. 이게
다 네 편지 때문이야.

우리 삶도, 사랑도, 인연이라는 것도 모두 야구처럼
끝날 때까지 끝난 게 아니니까 말이야.

결혼을 믿지 않는
로맨티시스트

　그녀와 나는 6년 전 스페인 마드리드의 호스텔에서 처음 만났다. 우리는 우연히 일정이 맞아 세비야를 함께 여행했고 각자의 여행을 마치고 그녀는 미국으로, 나는 한국으로 돌아왔다. 지구 반대편에 살던 우리가 낯선 마드리드 호스텔의 같은 방에서 만난 건 생각보다 엄청난 양의 우연이 겹쳐 만들어낸 운명이었다.

　우리는 1년에 겨우 한 번 보는 사이지만 언제나 멀리서 서로를 응원하고 '난 정말 인복이 많아.'라고 이야기할 때 꼭 서로를 이야기하는 인연 중 하나다. 그녀는 나보다 어리지만 당차고 겁이 없으며 뭐든 척척 해내고 또 무한히 사랑스럽다. 그래서 이

험한 세상을 살아갈 때 손을 잡고 가야 할 사람을 꼽아보라면 나는 그녀의 손을 꼭 잡고 가야겠다고 다짐하곤 한다.

그녀를 만나러 로스앤젤레스에 도착해 또다시 낯선 곳에서 1년 만에 만난 날, 그녀는 보라색 머리를 하고 나타났다. 그래서 이 이야기에서 그녀를 '보라색 머리를 한 그녀'로 묘사할 것이고 그 말을 들은 그녀는 이 책이 나올 때쯤엔 자신인지 모르도록 머리를 다시 염색할 거라고 했다. 귀엽기도 하지.

보라색 머리를 한 그녀는 최근 2년 동안 한 남자를 만났다. 그는 그녀보다 10번쯤 세월의 강물을 더 들이켠 사내였고 그녀가 아르바이트하는 레스토랑의 쉐프였다. 둘이 어떻게 연애를 시작했는진 여기에서 그리 중요하지 않다. 모든 연애가 그러하듯 아주 자연스럽게 둘은 서로의 개인사에 관심을 가지고 서로의 성향을 이해하려고 노력하며 연애의 길로 들어섰을 테니.

둘의 연애는 순탄했다. 그는 넉넉한 마음으로 그녀의 모든 것을 이해하려고 노력했고 그녀는 그 마음을 감사하게 여길 줄 알았다. 그보다 자신이 많이 가진 어떤 것 ─ 젊음과 명성, 세상이 말하는 잘나 보이는 어떤 것들 ─ 을 자랑하지 않았고 그의 소박하지만 단단한 목표와 꿈을 전심으로 지지할 줄 알았다.

그런 그녀와 함께하는 미래를 꿈꾸는 것은 그에게 너무나 당연한 순서였고 그는 그녀와의 대화에서 곧잘 '결혼'이라는 단어를 입에 올렸다. 그에게 결혼은 연애의 종착역이자 삶의 목적지였다. 무엇보다 그녀와의 더욱 단단한 결속을 의미하며, 무슨 일이 있어도 그녀를 자신만이 책임질 수 있다는 서약의 증표이자, 자유분방한 그녀를 합법적으로 구속할 수 있는 일종의 계약에 해당했다. 하지만 그녀에게 결혼은 조금 다른 의미였고 이 단어에 대한 다른 해석은 둘 사이에 균열을 가져왔다.

그때를 회상하며 꽉 막힌 로스앤젤레스 도로 위에서 이어진 그녀와 나의 대화는 이랬다.

그녀: 난 그 사람이랑 결혼하는 게 싫은 게 아니라 그 누구와도 결혼이라는 걸 굳이 하고 싶지 않을 뿐이야.

나: 정말 사랑한다면 그 사람이 원하는 걸 해주고 싶기 마련이잖아. 그게 결혼이라고 할지라도.

그녀: 그게 정말 사랑일까? 결혼 서류 때문에 같이 사는 게? 결혼이라는 게 그렇잖아. 헤어지려면 법원에 가야 하고 복잡한 서류 절차를 거쳐야 하고, 불편하게 몇 번씩 서로 대질신문을 해야 하고. 아마 그런 게 귀찮아서 '그냥' 사는 사람들도 많을 거야.

나: 그냥이라면 사랑이 이미 증발하고 없는 그런 건조한 삶

말이야?

그녀 : 응. 진짜 사랑한다면 그런 서류 절차가 없어도 내 옆에 있을 테고 나 역시도 마찬가지야. 만약 내가 싫어졌는데도 단지 결혼했다는 이유로 나와 사는 거라면 상상만으로도 당장 집을 뛰쳐나오고 싶은걸?

그녀는 결혼(이라는 법적 계약) 때문에 이어지는 결혼 생활에 대해 부정적인 태도로 일관했다. 그녀는 사랑이란 어디로든 뛰어갈 수 있는 드넓은 잔디밭에서도 자신의 돗자리를 벗어나지 않는 것, 그러니까 수많은 선택지 중에서 자신을 선택하는 것이라고 믿는다. 어쩌면 그녀는 결혼에 부정적인 것을 초월해 지극히 낭만적인 사랑관을 가지고 있는 것이다.

그녀의 사랑관은 왠지 실현할 수 없어 동경을 품게 될 만큼 자유롭게 느껴진다.

사실 결혼의 필요성이나 당위성에 대해 깊이 숙고해본 적이 없다 할지라도 우리는 오랜 세월 결혼을 당연시 여겨왔다. 결혼하지 않으면 궁극적으로는 미완성의 삶으로 간주했고 결혼에 도달해야만 완벽한 삶의 형태라 여겨왔다. 결혼하지 않는 사람들은 특이한 종족 취급을 받고, 이혼은 곧 실패한 삶과 동의어로 사용되었다.

그것은 곧 이혼, 결혼의 실패가 당사자뿐만 아니라 그의 자식들에게도 어떤 상처로 작용하여 비뚤어진 삶의 태도를 가지게 하는 데 일조했다는 뜻이고, 결혼하지 않아 자식이 없는 경우에는 사회적 불이익을 받았다는 것을 의미한다. 그리고 나는 이 이론에 경험상 철저히 동의하는 사람 중 하나다. 나는 이혼한 가정에 떨어지는 사회의 모진 시선과 동정이라는 포장지로 감추어진 무시와 편견을 온몸으로 받으며 자랐기 때문이다. 작은 시골 마을에는 우리 집처럼 이혼한 가정은 드물었고, 이웃들은 서로에게 지나칠 만큼 간섭했으며, 자연히 우리는 동네의 가십거리가 되기에 충분했다. 나는 웃고 있어도, 울고 있어도 '엄마도 없이 불쌍해라.'라는 말을 인사말처럼 들어야 했다. 수년째 연락도 없는 엄마를 내가 욕하기도 전에 나서서 손가락질하는 많은 사람들 때문에 엄마를 실컷 미워하지도 못했다. 덕분에 나는 결혼에 대한 막연한 두려움과 동시에 결코 이룰 수 없을 만큼 먼 환상을 가지게 되었다. 나는 여전히 결혼을 꿈꾸지만, 결코 온전한 결혼을 이룰 수 없을 것만 같은 두려움에 늘 사로잡혀 있다.

그러나 이건 지극히 내 개인적인 결혼관이다. 보라색 머리를 한 그녀의 가정환경은 조금 남달랐다. 그녀의 부모님은 이혼이 아닌 별거 상태로 그녀를 키웠는데 엄마는 아빠의 몫까지, 아빠는 엄마의 몫까지 사랑해주어야 한다는 책임감에 그녀는 남들보다 곱절의 사랑을 받고 자랐다. 남들이 보기엔 반쪽짜리 가족이었지만 그녀에게는 그보다 더 충족한 사랑이 없었고, 그 자체로 가장 완벽한 가족의 형태라 여겨왔다.

그녀가 조금 더 자라 이혼이라는 제도에 대해 충분히 이해할 때쯤, 그녀의 부모님은 그녀에게 '우리가 이혼하려고 하는데 괜찮겠니?'라고 물어보았을 때도 그녀는 그 질문이 그렇게 바보같을 수 없었다고 했다. 어차피 그녀가 아주 어릴 때부터 엄마와 아빠는 따로 지내셨고, 이혼 서류에 도장을 찍는 것이 그녀의 삶에 가져다주는 변화는 단 하나도 없었기 때문이다. 나는 가정환경에 대한 이야기를 듣고 나서야 그녀가 왜 결혼 서류가 아니라 사랑을 믿게 되었는지 비로소 이해가 갔다. 그리고 동시에 그녀가 얼마나 축복받은 사람이고 또 이토록 사랑스러울 수밖에 없는 이유가 무엇인지 단번에 깨달았다.

결혼을 믿지 않는 그녀는 어쩌면 누구보다 사랑을 믿는 로맨티시스트다. 제도나 법, 문서, 사람들의 시선, 그 어떤 것도 사랑 앞에서는 힘을 잃는다고 생각하는, 그 모든 것들이 사랑이 아니라면 무의미하다 여기는 진짜 로맨티시스트.

만약 그녀처럼 사랑할 수 있는 사람이 있다면 둘은 아마 영원토록 종이 따위가 아니라 서로의 마음에 결박되어 사랑을 이어갈 수 있을 거다.

내가 사랑하는
중년의 남자

내가 사랑하는 중년의 남자가 있다. 그는 시골 청년 같은 착한 심성과 더불어 도시 총각 같은 말쑥한 외모를 소유했으며 언제나 철저한 자기관리로 군대 병장 때 몸무게를 여전히 유지하고 있다. (그리고 그것은 그의 가장 큰 자랑거리기도 하다.) 내가 스물여덟 해를 살아내는 것을 가장 가까이서 지켜본 그는 언제나 나의 결정을 신뢰했고 결코 내게 '어떻게 살아라.'하고 강요한 적이 없다. 아, 딱 한 번을 제외하곤 말이다.

그건 20년도 더 지난 어느 해, 나는 어린아이였고 중년의 남자가 청년이었을 때의 일이다. 그는 집채만 한 굴착기로 땅을 파는 일을 했는데 일당을 받는 날이면 현금 뭉치를 옷장에 걸린 양복 재킷 안주머니에 찔러넣어 놓았다. 그 주머니는 매번 달랐고 우연히 그 사실을 알게 된 나는 보물찾기를 하듯 어느 양복 주머니가 부풀어 있는지 만져본 뒤 두툼한 것을 찾아 현금을 세어보는 취미를 가지게 되었다. 그러다 어린 나이에 내가 발견한 것은 그 돈이 매번 일정하지 않고 지폐의 종류나 개수도 제각각이라는 사실이었다. 교활하고 발칙한 마음을 가진 아이였던 나는 그 돈을 몰래 한 장씩 빼 쓰기 시작했다. 소심하게도 만 원짜리는 세어볼 것 같아 꼭 천 원짜리를 한두 장 빼 썼는데 지금 생각해도 참 어리석었던 것이 그 돈이 30, 40 이렇게 딱 떨어질 때는 가져가지 않았고 그 숫자가 딱 떨어지지 않을 때만 가져갔다는 것이다. 그렇게 하면 그가 절대 눈치채지 못할 거라고 생각했기 때문이다. (나는 19와 23과 같은 숫자는 잘 외우지 못하는 나이였고 또 원체 수학과는 거리가 먼 머리를 타고났다.)

당시 나는 이 사실을 아주 철석같이 믿었고 정말 들키지 않을 자신이 있었다. 지폐가 이렇게나 많고, 숫자가 크니까 분명 헷갈릴 거라고 말이다. 당연히 그는 내 얕은수를 단박에 알아차렸을 테지만 꽤 오랫동안 내게 아무런 이야기도 하지 않았다. 아마 눈치채지 못했다기보단 내가 스스로 그만두기를 기다렸던 것인지도 모른다. 그러다 내가 며칠 전에도 그 양복 주머니에 손을 댔던 어느 날이었다. 그는 몇 걸음 서성이다가 나와 2살 터울의 언니에게 아주 조심스럽게 물었다.

"너희 혹시 이 옷장 양복 주머니에 있는 돈 못 봤니?"

언니와 나는 천진무구한 표정으로 모르는 체했다. (아니지. 언니는 정말 몰랐을 수도 있다.)

우리의 말을 듣고 그는 고개를 끄덕이고는, "그렇지? 내가 오가다 잃어버렸나 보다." 하곤 말았다.

나는 여전히 입을 꾹 다물고 속으로 생각했다.

'역시 모르시는 것 같군. 다행이다.'

그리고 방을 나서려던 그는 한마디를 덧붙였다.

"애들아. 아빠한테는 절대로 거짓말하면 안 돼. 알았지?"

왜였을까? 왜 그는 '돈을 훔쳐선 안 돼'가 아니라 '거짓말'을 하지 말라고 한 것일까?

나는 당시에 그 말을 이해할 수 없었지만 왠지 모르게 그때 이후로 단 한 번도 그 양복 주머니를 들춰본 적이 없다. 그리고 그 어떤 것보다도 거짓말 더 정확히 정의하자면 나를 철석같이 믿어주는 누군가를 저버리는 말이나 행동 을 가장 나쁜 행동이라 여겨왔다. 선의의 거짓말이나 아주 사소한 거짓말을 하면서도 양심의 가책을 느끼는, 거짓말의 역치가 한참 낮은 아이로 자란 것이다.

돌이켜보면 그가 나를 양육하는 방법은 언제나 그랬다. 나의 잘못을 지적하는 대신 더 큰 사랑으로 덮어버리는 것. 그래서 내가 스스로 알아차리도록 길을 터주는 것 말이다. 그 덕분에 나는 자유와 방종을 구별할 줄 아는 아이로 자랐고 그 자체가 나의 정체성이 되었다.

그리고 긴 시간이 지나 내가 소녀에서 현숙한 여인이 되어가는 동안 그는 청년에서 머리가 희끗희끗한 중년이 되었다. 계절은 몇 번이나 흘러갔고 우리 가족은 바람 같은 세월에 의해, 그리고 쓰디쓴 운명에 의해 다섯 명에서 세 명이 되었다. 그는 어쩌면 삶에서 가장 사랑했던 두 여인을 그렇게 잃었으나 한 번도 외로워하지 않았다. 적어도 내 눈엔 그렇게 보였고, 내가 자라고 자라 인간은 누구나 외롭다는 진리를 깨닫기 전까지는 그랬다.

그날은 찬란한 봄날이었다. 병원의 옥상 하늘 정원에서 내가 평생 동안 몰랐던 것을 알게 되었다. 그는 매일 반주로 마시던 술 때문에 간이 망가진 상태였고 서울로 올라와 언니가 다니는 병원에 며칠 묵으며 치료와 몇 가지 검사를 받았다.

"아빠, 병원에서 자는 거 불편하지 않아?"

"영 불편하네. 잠이 안 와서 매일 2시 넘어서 자."

"여러 명 있어서 좀 시끄럽지? 불도 매일 켜져 있고."

"병원은 조용해. 창밖에 저 큰 스크린이 보이는데 늦게까지 켜져 있더라고. 저게 그렇게 거슬려."

"아 정말? 저걸 꺼달라고 할 수도 없고 말이야. 근데 원래 평소에도 잘 못 자고 그래?"

"평소엔 술 마시고 자니까 잘 잤지. 근데 여기선 술을 먹으면 안 되니까 잠을 못 자는 거지."

"아빠, 술을 마셔야 잠이 들어…? 왜?"

"왜기는. 외로워서 그렇지."

그때 내 기분은 뭐랄까, 내가 결코 알 수 없었던 진리를 맞닥뜨린 기분이랄까, 아니면 당연하게 믿고 있었던 진리가 깨어지는 기분이랄까. 정확히 말로 설명할 수는 없지만 정말 그랬다. 왜냐하면 난 정말 몰랐기 때문이다. 외로울 수밖에 없는 삶을 살아왔음을 누구보다 가까이서 봐왔는데도 매일 밤 그가 마시는 술 한잔이 단순히 습관이 아니라 잠들기 위한 수면제였으며, 지독한 외로움을 희석하기 위한 중화제임을 난 정말 몰랐다. 아니 내가 사랑해 마지않는 이 중년의 남자가 외로울 수 있다는 사실 자체를 깨닫지 못했다는 표현이 더 옳을 것이다.

나는 그 순간 내가 너무 미웠다. 그 마음을 평생 헤아려주지 못한 내가 정말 미웠다. 나는 잠깐 마음을 나눈 연인과 헤어지고도 사무치는 외로움에 베갯잇을 적시는데, 자신의 젊음을 모두 내어준 사람과 헤어져 십수 년을 살아오는 동안 그가 어찌 외롭지 않았겠는가. 아, 그런데 나는 정말 그가 입 밖으로 말해주기 전까진 까마득하게 몰랐다.

이렇게도 명백한 이유가 있음에도 그는 매번 왜 그렇게 술을 많이 마시느냐는 내 핀잔에 '한 잔 딱 마시고 자면 기분이 좋아.'라는 거짓말을 했을까? 한 잔도 아니었고, 기분이 좋아서도 아니었으면서. 가끔은 울기도 하고 술기운에도 잠 못 드는 날이 셀 수 없이 많았으면서 말이다.

그는 거짓말쟁이다. 내겐 거짓말을 하지 말라고 가르쳐놓고선 그는 매일 밤 내게 거짓말을 했다.

그 일이 있고 수년이 지났다. 아직 나는 그에게 '술 좀 그만 마셔.'라는 이야기를 하는 게 여전히 조심스럽고 이젠 그가 말하지 않아도 인간은 ~~그와 나를 포함한 모두~~ 누구나 외로운 존재임을 안다. 그리고 한 가지 고무적인 변화가 있다면 내가 사랑하는 이 중년의 남자가 푸르른 소년의 마음으로 한 떨기 꽃처럼 소녀 같은 중년의 여인을 만나고 있다는 사실이다.

그의 외로움을 잠재워준 이 여인은 바다를 보면 까르르 돌고래 같은 소리를 내지르고, 한 줄의 시에 눈물을 또르르 흘리는 사람이다. 비 오는 날 한 우산을 나눠쓰며 말뚝처럼 서 있는 남자를 보곤 "어휴, 너희 아빠는 이렇게 멋이 없어. 우산을 좀 내 쪽으로 씌워줘야지. 안 그러니?" 하고 귀여운 핀잔을 주는가 하면, 짓궂은 그의 농담에는 얼른 입을 가려버리는 수줍음이 많은 분꽃 같은 여자다.

나는 세월의 바람에 곱게 마른 북어 같은 그의 마음에 가랑비 내리듯 찾아온 그녀가 참으로 고마웠다. 왜냐하면 나는 사랑하는 중년의 남자가 외로움을 느끼는 인간임을 알아버렸기 때문이다. 내가 아무리 그를 가슴 깊이 사랑한다 해도 채워줄 수 없는 수많은 빈자리를 그녀는 한마디 말로, 한 번의 작은 웃음만으로도 채워줄 수 있으니까. 나는 그녀가 그의 곁에 있는 한 매일같이 고마워하고 또 고마워할 것이다. (이 글이 그녀에게 고마움을 전하는 한 방법이 되었으면 하는 바람도 있다.)

이제 자신의 삶에 또 한 번의 결혼은 불필요하다 여기는 그는 아마 평생을 연애만 하며 살겠지? 두 사람이 정식으로 부부관계를 맺는 '결혼'이 아니라 서로 그리워하며 사랑하는 '연애' 말이다. 나는 그가 오래도록 연애하며 외롭지 않게 늙어가기를 바란다. 내가 써내려가는 이 글이 한평생 그의 외로움을 몰라준 것에 대한 면죄부가 될 수는 없겠지만 내가 바라는 것은 그 한 가지뿐이다.

난 영원히 당신에게 '외롭지 마세요.'라는 말은 할 수 없어요. 우리는 모두 홀로 악을 쓰며 어깨를 웅크리고 외롭게 태어나 또 그렇게 홀연히 사라질 운명을 타고났으니까요. 난 나이가 차서야 그걸 알아버렸고요.

그러니 우린 언제고 외로움을 맞닥뜨릴 거예요. 다만 당신이 기억해주었으면 하는 것은 내가 당신의 외로움을 알고 있다는 사실이에요. 그 사실만으로도 위로가 되는 날이 분명 있을 거라고 믿어요. 왜냐하면 우리는 내 외로움을 아무도 모른다고 생각할 때 비로소 혼자라 느끼는 생물이니까요. 그러니 내가 당신의 외로움을 아는 한 당신은 결코 혼자가 아니에요.

그럼에도 불구하고
또 믿어보기로 한다

이제 사랑이고 뭐고, 연애고 자시고, 남자는 그놈이 그놈이라는 생각으로 감히 비혼을 꿈꾸던 때가 있었다. 여기저기 생활기스가 난 마음 따위는 누가 받아도 그다지 기뻐하지 않을 것 같아 엿이나 바꿔먹어야겠다고 생각했다. 세상에서 가장 쓸데없는 것이 진심이고, 그 진심을 먹고사는 연애지상주의자는 경력이 길어질수록 가치가 떨어지고, 돈도 되지 않아 그 누구도 부러워하지 않는 가장 쓸모없는 지위라고 자조했다.

가장 아꼈던 것이 가장 혐오하는 것이 되는 건 마치 당연한 순서인 듯, 연애라는 말에 치를 떨며 완강히 거부하던 몇 날 며칠이 내 인생에 있었다. 그러나 언제나 나의 결단과는 무관하게, 나의 상황과는 별개로 찾아오는 연애는 이번에도 어김이 없었다. '다시는 연애를 하지 않겠다.'까지는 아니어도, 향후 1년간은 절대로 연애에 발을 들여놓지 않겠다 마음속에 각서를 써두고 사인을 하기 직전에 친구에게 연락이 왔다.

"소개팅할래?"

'소개팅? 말도 마. 우연히 지나가다 나에게 첫눈에 반했다는 사람이 내 이상형이면 모를까, 굳이 나서서 소개팅하고 싶은 마음은 추호도 없다고! 적어도 향후 1년간은 말이야.'라고 속으로 외치고 친구에게 말했다.

"어떤 사람인데?"

하겠다는 의미는 정말 아니었다. 작가적 시선에서 세상에 어떤 사람이 존재하는가에 대한 순수한 호기심에 기인한 질문이었다. 친구의 사람 보는 안목이 어떤가 궁금했을 뿐, 정말 당장에 누군가를 만나야겠다는 생각은 추호도 없었다. 어떤 사람이냐는 질문에 친구는 그 사람의 직업, 성격, 외모 따위의 것들을 나열했다. 친구가 읊어주는 그의 프로필은 내가 흥미를 느낄 만한 몇 가지 사실과 더불어 만나지 말아야 할 몇 가지 단서도 가지고 있었다. 처음엔 하지 않겠다고 고개를 저었으나 친구는 그럴듯한 말로 나를 설득했다. 우린 아직 어리고, 많이 만나봐서 나쁠 것 없고, 또 상대방이 나를 꽤 마음에 들어 하는 눈치라고 슬쩍 귀띔도 해주었다. 나는 좀 더 생각해보겠다고 결정을 미루었지만 채 하루도 지나지 않아 친구의 설득에 못 이기는 척 소개팅을 하기로 했다. 대신 2주 있다가 만나는 것으로 타협에 성공.

　대답을 던져놓고 나서야 스스로에게 물어보았다. '대체 왜 소개받기로 한 거야? 연애는 지긋지긋하다고, 너 자신에게 집중해야겠다고 말한 지 얼마나 됐다고. 정말 남자 없이는 못 사는 거야?' 그리고 10초 후 속으로 대답했다. '아무리 그놈이 그놈이라지만 혹시라도 그 사람이 정말 너의 운명의 남자면 어떻게 해?' 나는 나를 너무나 잘 알아서 설득하기가 이렇게나 쉽다.

　결국 2주를 못 채우고 1주일 만에 만난 그 사람은 내가 예상했던 대로였지만 우리의 대화는 내 예상과는 전혀 다르게 흘러갔다. 그는 내 생각보다 훨씬 괜찮은 사람이었고, 어쩌면 지금 내가 가장 필요로 하는 걸 줄 수 있는 사람이었다. '지금 내가 가장 필요로 하는 걸 줄 수 있는 사람'이라는 이 한 문장은 내가 정의하는 내 연애의 발화점과 같은 말이다. 별수 있나. 그날부로 완전히 그에게 설득된 나는 또 그렇게 연애를 시작할 수밖에 없었다. 그리고 꼭 나 같은 사람을 만나서 연애하고 싶었던 내 꿈이 곱절로 이루어진 것처럼 내가 감당할 수 없는 크기의 사랑으로 물밀 듯 들어왔다. 오랜 가뭄에도 언젠가 내릴 큰비를 기다리며 다져놓은 마음 둑에 그렇게 긴 장마가 찾아왔다.

하필이면 다른 때도 아닌 지금 만난 사람이 당신이어서, 나는 속절없이 또 한 번 사랑을 믿게 되었다. 그래서 이번 연애는 시작도 끝도 오롯이 당신 책임이다.

모든 연애가 그렇듯 그와도 별다를 게 없는 연애 중이다. 피곤하다고 말도 없이 잠든 그에게 뾰로통해져 일부러 먼저 연락하지 않는 아침도 있고, 점심으로 부대찌개를 먹었는데 저녁에 얼큰한 게 당긴다는 그에게 부대찌개가 먹고 싶다고 거짓말을 하는 저녁도 있다. 수화기 너머로 들려오는 목소리가 사무치게 그리운 점심시간과 몇 시간째 연락이 되지 않아서 불안한 오후가 있고, 서로 다른 가치관 때문에 말씨름을 하다 마음이 상하는 밤과 문득 잠에서 깨어 확인한 휴대폰에 남겨진 구구절절한 메시지에 싱긋 웃음이 나는 새벽이 있는 그저 그런 연애 중이다.

그래. 어차피 연애라는 게 다 그런 거고, 사랑이고 뭐고 연애고 자시고, 남자는 다 그놈이 그놈이지만 그럼에도 불구하고 믿어보고 싶은 마음이 들었다는 것, 썸이라는 태그를 제거하면 반품도 안 되는 연애를 나랑 해보겠다는 그가 사랑스럽게만 보이던 그 밤이 중요한 거니까.

운명의 불확실성은 우리를 매 순간 의심하고 추측하게 만들지만 그 과정에서 더욱 짙은 진심을 우러나오게 하는 힘을 가지고 있다. 지금이 아니면 안 된다는 막연함 속에 움트는 용기와 내가 노력하지 않으면 끊어질지도 모른다는 불안 속에 자리 잡은 열심이 상대방으로 하여금 '우리가 운명이 아니어도 나는 당신이 좋아요.'라는 고백을 이끌어낼 수 있기 때문이다. 그러니 이 사람과 내가 운명일까 아닐까를 고민하지 말 것. 사랑을 향한 당신의 노력은 신의 계획까지도 전면수정할 만한 힘을 가지고 있으니.

그녀가 해온 연애 중
가장 연애다운 것

내가 타인의 연애담을 수집하고 있다는 사실을 안 그녀는 자신의 연애 이야기를 내게 보내왔다. 제목은 '00의 연애 이야기'. 나는 메일을 읽기도 전에 그녀가 보내온 이 연애가 바로 그녀에게는 연애의 원형임을 직감했다.

'그녀가 해온 수많은 연애 중 가장 연애다운 것.'

영원히 책 속에 박제될 연애를 직접 써서 보내준다는 것만큼 확실한 증거는 없겠지. 그녀가 보내온 이야기는 아주 독특하거나 파격적인 연애의 경험은 아니었다. 사실 그녀의 입으로도 몇 번 들었던 한 남자에 대한 이야기였다. 그녀는 연애가 주제로 던

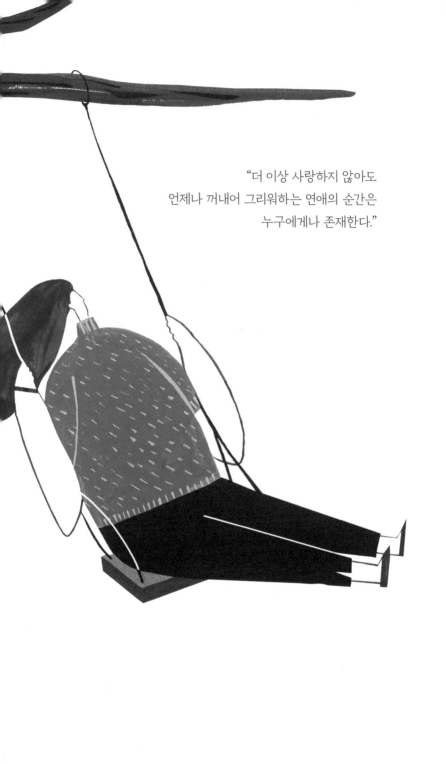

"더 이상 사랑하지 않아도
언제나 꺼내어 그리워하는 연애의 순간은
누구에게나 존재한다."

져진 대화에서 지금 만나는 사람보다 이 글 속의 주인공 이야기를 곧잘 해왔다.

　이름 세 글자로 건넨 간지러운 고백과 함께하는 매일을 기념일로 만드는 작은 이벤트들, 초원을 달리며 오로라를 좇았던 일까지. 그 이야기는 매번 아름다웠고, 그녀가 가끔 꺼내어 잘 닦아놓아 그런지 반짝거렸다. 그건 분명 그녀가 간직한 연애의 노스텔지아였다. 나는 그녀에게 아주 큰 동질감을 느꼈다.
　그렇다. 그녀도 별수 없는 연애지상주의자였던 거지.

　그래서 나는 그녀를 대신하여 아주 그럴싸한 변호를 해주려고 한다. 변호에 앞서 나는 이 글을 읽고 지금 그녀가 만나고 있는 남자가 혹여나 품을지 모르는 의심과 서운함에 대해 충분히 공감한다고 밝히고 싶다. 나의 연인이 연애라는 단어에 내가 아닌 과거의 누군가 그것도 딱 보기에 가장 찐하게 연애를 했을 법한 인물 를 떠올린다면 그것만큼 나를 작아 보이게 만드는 것도 없을 테니까. 그러니 지금 부들부들 떨고 있는 당신이 속이 좁은 게 아니라는 뜻이다.

　더 이상 사랑하지 않아도 언제나 꺼내어 그리워하는 연애의 순간은 누구에게나 존재한다. (당신에게 존재하지 않는다면, 그건 아직 그 순간이 오지 않았다는 의미다.) 조건 없이 뜨겁게 사랑을 주고, 또 상대가 아낌없이 주는 마음을 달갑게 받을 수 있는 이상적 연애란 그리 흔한 것이 아니기 때문이다. 몇 번의 연애를 거치면, 내가 더 성숙해지면, 연애가 무엇인지 좀 더 알고 나면 그때보다 더 열렬히, 더 아름답게 연애를 이어갈 수 있을 거라고 생각했지만 '어쩌면 그때가 나의 연애의 전성기가 아니었을까?' 생각하게 되는 시기가 한 번쯤은 있다는 얘기다.

게다가 마치 꿈처럼, 말도 안 되게 완벽한 모습으로 존재하는 연애의 이상향, 그것이 존재한다는 것은 한편으로는 감사해야 할 일이다. 드라마나 영화 속에서나 존재할 법한 연애를 온몸과 마음으로 경험한 사람은 정말 흔치 않으니까. 그건 당신이 만나고 있는 그녀가 그만큼 특별한 존재라는 뜻이고 당신은 아주 흔치 않은 여자를 만나는 운 좋은 남자란 이야기다. 그리고 아마도 그녀는 자신이 생각하는 연애의 정의를 언제나 실현하기 위해 당신보다 몇 배쯤은 노력하고 있을 것이다. 당신이 상상하지도 못할 만큼 당신을 이해하고, 생각하고, 배려하면서 말이다. (이걸로는 위로가 안 되려나? 그럼 그건 좀 야속한 일인데.)

다시 말하지만 이건 지나간 사람을 향한 후회와 미련이 남아서도 아니고, 지금까지 그 사람을 가장 사랑했다는 말과 동의어도 아니며, 그 후로 이어진 연애에 최선을 다하지 못했다는 것도 아니다. 그저 가장 찬란했던 연애의 순간에 대한 향수일 뿐이며 시간이 지나도 변하지 않는 연애의 정의일 뿐이다. 그저 그 기억이 연애의 사전적인 의미처럼 존재한다는 것인데, 다시 말해 누군가 나무를 그려보라고 하면 머릿속에 떠오르는 나무의 원형 같은 것이다. '나무'라는 단어에 그녀가 떠올린 것이 느티나무라고 해도 그녀의 인생에 모든 나무가 느티나무일 필요는 없지 않은가? 그녀가 가장 사랑했던 나무는 버드나무일 수도 있고, 그녀가 사는 집 앞에 심긴 나무는 아카시아 나무일 수도 있다. 그리고 앞으로 그녀는 평생 뱅갈고무나무 한 그루를 키우며 살아갈지도 모를 일이다. 그러니 결코 실망하지 않아도 된다. 당신이 느티나무가 아니라 버드나무이든, 아카시아 나무이든 상관없이 그녀는 더할 나위 없이 찬란한 햇빛과 시원한 물줄기로 당신과의 연애를 푸르게 키워나갈 테니까.

다만 앞으로도 그때처럼 연애를 연애답게 한다는 건 불가능할지도 모른다. 순수하게 누군가를 사랑하기에 그녀는 너무 세상을 알아버렸고, 마음보다 머리가 조금 더 약아졌으며, 쓸데없이 잃을 것도, 두려울 것도 많아져버렸기 때문이다. 그럼에도 불구하고 '이게 진짜 연애지.' 하는 순간이 온다면 그건 그녀에게 찾아온 두 번째 축복일 테고. 그리고 그게 당신이 되지 말라는 법도 없으며, 오히려 전적으로 당신에게 달린 일일지도 모른다. 그녀와 나 같은 연애지상주의자들은 언제든 연애의 정의를 새로 쓸 마음이 있으니까.

적다 보니 실은 그녀의 이야기를 빌려 내 변명을 늘어놓은 것은 아닌지 모르겠다. 우리는 동지니까 이 정도는 용서해주겠지?

연애는 가끔
우리를 성장시킨다

나는 연애지상주의자다. 팍팍한 삶에 연애 한 스푼 정도는 꼭 필요하다고 생각하는 사람 중 하나다. 그렇다고 해서 연애가 행복과 동의어라고 생각하지는 않는다. 오히려 연애는 행복보다 고통을 좀 더 수반하기도 한다는 사실을 맨몸으로 겪은 연애 쓰나미의 수재민 중 하나니까. 모두가 내가 연애를 시작했다고 하면 고개부터 절레절레 흔드는 걸 보면 내 연애의 모양새는 빤하다. 나는 연애를 시작함과 동시에 눈물이 많아지고 어리광이 늘며, 이성적인 판단보다는 감성적인 충동이 더 잦아진다.

이처럼 연애가 행복을 보장하는 것이 아님을 알지만, 그럼에

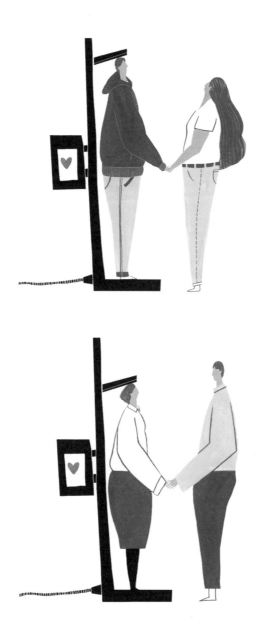

도 불구하고 우리는 연애를 한다. 그렇게 연애를 통해 끊임없이 상처받고 또 위로받기를 반복하면서 말이다. 이 끊을 수 없는 뫼비우스의 띠는 아마 신이 우리에게 준 망각 덕분인지도 모르겠다. 아마 연애할 때의 모든 기억을 오롯이 기억하고 있다면 그 누구도 연애가 끝난 후 다시 연애를 시작하지 못할 것이다. 그만큼 연애의 끝은 아프고 다시 반복하고 싶지 않을 만큼 괴롭다.

하지만 연애지상주의자로서 내가 확신할 수 있는 한 가지는 우리는 분명 연애를 통해 성장한다는 것이다. 그리고 이 명제가 참이라면 이별의 아픔쯤은 일종의 성장통으로 퉁칠 수 있다. 우리는 다른 무엇이 아니라 연애로 인해 평생 몰라도 될 누군가의 삶을 온 힘을 다해 이해해보기도 하고, 상대가 원하지 않아도 기쁜 마음으로 희생을 감당하는 법을 배운다. 서툴지만 내 마음을 있는 그대로 보여주기 위해 꾹꾹 눌러 손편지를 쓰기도 하고, 보이지 않는 상대방의 뿌연 마음을 소매깃으로 열심히 닦아가며 보려고 안간힘을 쓰기도 한다. 그렇게 깨져버린 유리 조각처럼 날 선 이별의 아픔이 조금 무뎌지고 나면 분명 이전에는 몰랐던 것들을 알게 된 시간들이 쌓여 있음을 문득 자각하게 되는 것이다.

아무리 생각해봐도 단순히 좋아하는 사람과 함께하는 것만이 연애는 아닌 것 같다. 상대방을 위한 좀 더 깊은 고민과 성찰,

기꺼운 마음으로 하는 배려와 헌신, 그리고 그 모든 것들을 통해 내가 느끼는 가장 순수한 질감의 기쁨까지. 이 모든 것을 수반하는 것이 우리가 하는, 그리고 해야 하는 진짜 연애가 아닐까?

때론 서로 상처를 줄 수도 있고, 조금씩 자기 울타리를 양보해야겠지만 연애는 좀 더 인간적이어서 성장통을 이길 수 있는 진통제도 함께 준다. 물 한 모금과 함께 꿀꺽 삼키고 내일은 손가락 한 마디쯤 더 자란 자신을 마주하길 바란다. 사랑의 힘을 빌려 내가 아닌 타인을 이해한다는 것, 그건 생각보다 꽤 뿌듯하고, 또 보람스러운 일이니까.

Chapter 02

나의 사전에는
당신의 이름이 붙은
단어들이 많아졌다

연

애를 시작하면 질문이 많아진다. 사랑한다는 건 그만큼 그 사람이 궁금하다는 거다.

서로가 하는 질문들은 대화의 빈 공기를 채우기 위한 의례적인 질문이 아니라 정말 내가 궁금해서, 기억하려고 꾹꾹 눌러담은 질문들이다. 내 대답에 귀 기울이고 눈을 왼쪽으로 올리는 모습을 보고 눈치챌 수 있다.

몇 번의 연애를 거치며 나의 사전 속에는 타인의 이름이 붙은 단어가 많아졌다.

때가 타도 티가 안 난다며 그가 좋아하는 남색,
매일 맡아도 지겹지 않은 것이 그를 쏙 빼닮은 낡은 책 냄새.

그 역시 그랬다.

이름도, 색깔도, 모양도 예쁘다고 보라가 좋아하는 복숭아,

사진으로도 눈을 못 마주칠 정도로 보라가 무서워하는 뱀,

작가가 주인공인 영화는 무조건 볼 만큼 보라가 사랑하는 작가라는 직업까지.

그렇다.

연애란 세상 모든 만물에 그 사람이라는 꼬리표가 붙는 것.

당신이라는 사전이 조금씩 두꺼워지는 나날의 연속이다.

이 이야기들은 내가 가진 오래된 단어장 속에 형광펜으로 줄쳐 놓은 몇 개의 이야기들이다. 색이 조금 바랬지만 하도 밑줄을 치고 외워 절대 잊어버릴 일이 없는 단어들로만 엮었다. 그리고 문득 궁금해졌다. 당신에게 다이어리는 어떤 의미일까, 당신에게 다이제처럼 달콤쌉싸름한 단어는 무엇일까 하고.

녹음 인형 :
가장 좋은 소리

손을 잡는 것도 부끄러워 친구들 앞에서는 등 뒤로 손을 숨길 만큼 우리의 사랑이 참을 수 없게 부끄럽던 그 시절. 키가 많이 클 거라며 통이 큰 교복을 입고 교과서를 들고 다니느라 축 늘어진 가방을 멘 채로 둑을 걸어 학교에 가던 그 시절에 나와 그 애가 있었다.

나는 맑은 날 운동장에서 하얀 태권도 도복을 입고 이단 앞차기를 하던 그 애에게 반했고, 그 애는 중학교로 올라가는 배치 고사 시험날 창가에서 햇빛을 받으며 문제를 푸는 내 모습을 보고 반했다고 했다.

서로에게 반했다는 그날 날씨가 흐렸다면,

어쩌면 우린 서로에게 처음일 수 없었을지도 모른다.

내가 아직도 기억하는 그 애의 인사법은 복도를 잰걸음으로 걸어가며 들고 있던 우산을 위로 쭉 뻗었다가 내려놓는 정도의 약식 인사였다. 나와 눈을 마주치거나 '안녕'이라는 말을 건네는 것조차 버거워 고작 반이 2개뿐인 작은 학교에 다니면서도 얼굴 한 번을 마주치기가 쉽지 않았다. 그래도 그 애는 내 남자친구고, 또 나는 그 애의 여자친구인데 어찌된 일인지 그 학교에서 우리 둘이 가장 안 친한 사이가 된 것 같았다. 사귀기 전까지는 매일 등굣길에 누가 키가 더 큰지 서로의 등을 대보기도 하고 티격태격하며 어깨를 부딪치기도 했던 것 같은데.

그날은 아마도 우리가 사귀고 처음 맞이하는 기념일인 내 생일이었을 것이다. 공기는 차가웠지만 햇볕은 따뜻했던 그날, 방과 후에 선생님과 해야 할 일이 있어 학교에 남아 있는 나를 기다리기 위해 그 애와 내 친구들은 빈 교실에 모여 있었다. (당시 우리의 '연애'는 친한 친구들 사이에서 주목받을 만한 일이었고 수줍음 많은 우리를 위해 서로의 메신저가 되어주던 몇몇 친구들이 있었다.)

잠깐 나온 나를 부르는 친구들의 손짓에 그 애가 앉아 있다는 빈

교실을 보았다. 그때 내 눈에 비친 그 애는 책상에 홀로 앉아 머리를 쥐어뜯고 있었다. 자세히 보니 곰 인형을 들고 무언가를 녹음하고 있었다. 아마도 내 생일을 축하한다는 메시지였을 것이다. 그 애는 그렇게 내가 선생님과 있는 시간 내내 '보라야 생일 축하해'로 시작하는 짧은 메시지를 곰 인형에 녹음하려고 애를 쓰고 있었던 것이다. 누군가에게는 너무나 쉬운 일일지 모르겠지만 그 애에게는 고해성사만큼이나 어려운 일이었다고 한다. 10초도 되지 않는 메시지를 위해 1시간이 넘도록 발을 동동거리고 있는 그 애를 보며 나는 그날이 15년 전 내가 태어났다던 생일인 게 참 좋았다.

그러고도 그 애는 집 앞에 도착할 때까지도 선물을 준비한 걸 숨겼고 내 앞에 서서 몇 번을 망설이다가 두 눈을 질끈 감고 검은색 가방에서 빨간 하트가 가슴에 새겨진 곰 인형을 꺼냈다. 그러곤 내게 안겨주며 딱 1초짜리 포옹을 하고는 도망치듯 후다닥 자리를 떴다. 메시지가 녹음되어 있다는 이야기도 하지 않았고 소리를 내어 생일 축하한다고 내게 말하지도 않은 채 그렇게 말이다. 대체 무엇이 태권도 검은 띠던 그 아이의 모든 담력을 앗아간 것인지 모를 일이었다.

얼떨떨하게 남겨진 나는 이미 이 곰 인형에 그 애의 목소리가 녹음되어 있다는 사실을 알고 있었기에 '짜식'하며 심호흡을 하고 곰 인형의 손을 눌렀다. 떨리지만 진심 어린 그 애의 목소리를 기대하면서 말이다. 그런데 이게 웬 걸? 곰 인형은 '칙-.' 하는 소리 이외엔 아무 말도 하지 않았다. 나는 몇 번을 더 눌러보았지만 마찬가지였다. 아마 가방을 움직거리다 녹음 버튼이 잘못 눌린 모양이었다.

칙-.
칙-.
칙-.

나는 조금 허탈해하며 몇 번을 더 꾹꾹 눌러보았다. 그러곤 그 '칙-' 소리를 '보라야 생일 축하해. 그리고 많이 좋아해.'로 알아듣기로 했다. 분명 내가 아는 그 애는 딱 그만큼의 표현을 담아두었을 테니, 똑똑한 내가 알아서 알아듣지 뭐.

그 후로도 나는 그 곰 인형에 다른 말을 녹음해두지 않았다. 대신 정해진 의미가 없는 그 '칙-' 소리를 그 애가 하고 싶은 말로 새겨들었다. 그 애가 내게 잘못을 한 날은 '많이 미안해.'로 그 애를 마주치지 못한 날에는 '보고 싶어.'로 말이다.

그래, 세상에서 가장 좋은 건 원래 보이지 않는 거니까.
그래야 내 맘대로 더 좋은 걸 상상할 수 있으니까.

그래, 세상에서 가장 좋은 건 원래 보이지 않는 거니까.
그래야 내 맘대로 더 좋은 걸 상상할 수 있으니까.

다이제 :
슈퍼 가판대에서 파는 그의 진심

지구상에 존재하는 수많은 단것 중에서 내가 경험해본 단것에 한정하여 나는 유독 다이제라는 과자를 좋아했다. 텁텁한 통밀 쿠키에 진득하게 묻어 있는 초콜릿의 묵직한 식감이 좋았고 다른 과자에 비해서 과대포장되지 않은 솔직담백한 패키지도 썩 마음에 들었다.

주기를 헤아려본 적은 없지만, 스트레스를 받은 날이나 밥이 당기지 않은 날이면 곧잘 슈퍼에 들러 다이제 한 통으로 식사를 때우기도 했다. 1,000원대인 다른 과자에 비해 2,000원이라는 다소 부담스러운 가격이긴 했지만 다이제는 그만큼 꽤 포만감이 드는 과자였다.

나는 수십 번도 넘게 다이제의 솔직담백한 포장지를 벗겼지만 칼로리를 확인해본 적은 없었다.

그러나 원래 진실은 존재하지 않는 것이 아니라 눈을 가려 보지 않는 것이라 했던가? 세상 가장 쓸데없는 정보를 무방비상태로 공급받는 시대를 살다 보니 나는 원치 않게 다이제 한 통의 열량이 1,000킬로칼로리가 넘는다는 것을 알게 되었다. 내 셀룰라이트의 원흉이 이 과자임을 알고 난 후로는 앉은자리에서 한 통을 해치우는 것이 죄악같이 느껴졌다. 아니 1,000킬로칼로리라니. 하늘도 무심하시지.

그런데도 내가 이 과자를 얼마나 좋아하는지, 다이어트를 해야 할 때에도 이 과자가 너무 먹고 싶은 날에는 새벽에 일어나 2개 정도 먹고 포장지를 고이 싸서 다시 넣어둘 정도였다. 먹고자 하는 의지가 얼마나 강한지 새벽 5시에 눈이 번쩍 떠졌다. 그렇다. 나는 보기보다 꽤 의리파다. (사실 마음대로 먹지 못한다는 사실이 더 큰 갈망을 낳은 것 같기도 했다. 실제로 그 사실을 안 후로 다이제가 더 유혹적으로 느껴졌으니까.)

이처럼 나는 '내가 좋아하는 것'에 대해 관심과 애정을 쏟는 걸 기꺼워하는 편이다. 그래서 호불호가 강하다기보다는 극호에 해당하는 기호식품이 남들보다 두 배쯤 많은 편이다. 다이제가 그렇고, 떡볶이가 그렇고, 옥수수 소보루빵이 그렇다. 그래서 가끔 이 기호식품들은 나를 대변하는 대명사가 되거나, 누군가 나에게 관심을 표할 때 사용되는 매개체가 되기도 한다.

그 겨울방학 때 나의 반지하 자취방 문 앞에 걸려 있던 다이제도 그랬다. 사과 몇 알과 다이제 한 통이 들어 있었고 '이거 먹어.'라고 투박하게 쓰인 포스트잇이 붙어 있는 자글거리는 하얀 비닐봉지. 처음엔 이게 대체 어디서 나타난 물건인가 싶었다. 당시 나는 남자친구도 없었고 썸 타는 남자도 없었으며 단지 매일 하루에 100개씩 문자를 주고받기로 한 남자애 하나가 있었을 뿐이었다. 게다가 그 남자애는 강아지 한 마리도 좋아해본 적이 없을 만큼 어떤 대상에 관심과 애정을 쏟는 것에 무관심했고 하루에 문자 100개를 주고받게 된 것도 문자가 남는다기에 내가 제안한 일이었다. 눈치챘을지 모르겠지만 난 그 애를 좋아하고 있었다. 아마 대부분 그 애도 알고 있었을 거라 장담하겠지만 단언컨대 그 애는 내가 자신을 좋아해서 그런 거라곤 꿈에도 생각지 못했을 거다. 그만큼 그 애는 마음이 하는 일에 둔했다.

나는 잠시 다른 사람들을 유추해보다가 기대하는 마음으로 그 애에게 문자를 보냈다. 혹시 문 앞에 봉지를 걸어둔 사람이 너였냐고. 그 애는 맞다고 했다. 사과는 뭐고, 다이제는 또 무엇이냐 했더니 사과는 내가 그전에 문자로 '자취하면 과일을 못 먹어서 슬프다'고 했던 말이 기억나 챙겨온 것이고, 다이제는 내가 좋아해서 넣어둔 것이라 했다. 그 애는 나를 향한 이 더할 나위 없이 큰 관심을 '이거 먹어.'라는 네 글자에 욱여넣어 전한 것이다.

그날 이후로 우리는 문자를 주고받는 사이에서 드디어 '썸' 타는 관계가 되었다. 이제 문자가 남지 않아도 기꺼이 1건에 10원을 내고 문자를 주고받고, 내가 소개팅을 한다고 하면 '그러지 말고 나랑 공부하자.'라고 말할 수 있는 명분이 생긴 것이다. 그 후로 몇 달이 지나 우리는 연인이 되었고 그 애는 종종 우리집 구석구석에 다이제를 숨겨놓았다. 그럼 나는 보물찾기하듯 그 다이제를 찾아 사진을 찍어 보냈다. 그렇게 그 애가 왔다 간 내 방 안에는 어디선지 모르게 단내가 났다. 과대포장되지 않은 다이제처럼 딱 보이는 만큼만 존재했던 그 애의 애정표현은 그렇게 까슬까슬하고도 달았다.

요즘은 다이제를 잘 먹지 않는다. 다른 이유는 없다. 그저 기호가 바뀐 것뿐이다. 다만 가끔 슈퍼에 들러 가판대 위에 누워 있는 다이제를 보면 그때 문 앞에 걸려 있던 나를 향한 관심이, 내 방 곳곳에 숨겨져 있던 그 진심 어린 마음이 생각난다. 그 애도 어느 날 우연히 예기치 못한 곳에서 날 떠올린다면 그건 분명 슈퍼이거나 편의점일 거다. 그 애에게도 다이제는 타인에게 처음으로 전해본 마음이었고, 언제든 발견해줬음 싶은 진심이었으니까.

과대포장되지 않은 다이제처럼
딱 보이는 만큼만 존재했던 그 애의 애정표현은
그렇게 까슬까슬하고도 달았다.

다이어리 :
다이어리에도 쓰지 못하는 심정이란

다이어리는 우리 주변에 있는 물건 중 마음과 가장 닮아 있는 물건이다. 그곳에는 우리가 먹은 음식과 우리가 걸어온 흔적, 그리고 우리가 담아온 마음과 말이 적혀 있다. 우리의 삶이 기쁨과 슬픔, 희망과 절망, 설렘과 권태로 버무려져 있듯이 다이어리에도 마찬가지다. 고이 간직하고 싶은 어떤 소중한 기억과 더불어 잊을 수만 있다면 깨끗하게 지워버리고 싶은 순간까지 다이어리는 모두 기억하고 있다.

잊고 싶지 않은 추억을 적는 것은 우리의 기억이 언제나 기록보다 못 미덥기 때문이라 치고, 기억하고 싶지 않은 기억까지 적어두는 것은 과연 무엇으로 설명할 수 있을지 잘 모르겠다. 적는 행위로 감정을 해소하는 것인지 아니면 기억하고 싶지 않을 만큼 끔찍한 기억도 흘러가는 일상보다는 삶에서 중요한 것이라 여기는 마음에서인지 아니면 모두 나처럼 작가로 태어난 건 아닐까 싶기도 하다. 나라는 인간은 태생적으로 내가 느끼는 즐거움보다 고통에 더 몰입하며 살아왔고 또 그때를 잊지 않기 위해 끊임없이 기록해왔으므로.

꼭 나처럼 작가적 본능에 의한 기록이 아니더라도 해가 바뀔 때마다 의식처럼 다이어리를 사는 사람이라면 모두 다 아무에게도 보여주고 싶지 않은 자신의 치부와 비밀을 굳이 다이어리에 적어둘 것이다. 그리고 몰래 훔쳐보진 않았지만 대부분 그런 비밀들은 다이어리 맨 앞장이 아니라 중간, 혹은 맨 뒤에 쓰여 있을 것이다. 왠지 모르게 그래야 할 것 같아서 말이다.

언젠가 무료해서 그간 써놓은 다이어리를 펼쳐보았는데 어떤 해의 다이어리에는 몇몇 부분에 종이를 덧댄 자국과 화이트 칠로 범벅이 된 장이 있었다. 내가 봐도 나 스스로가 너무 못나서 마주하고 싶지 않았던 날들의 기록을 나름 가리려고 노력했던 흔적이었다. 덧대고 가려놓은 그 부분에 정확히 어떤 단어와 문장이 쓰여 있는지는 모르지만 꼭 상처 위에 붙인 대일밴드 같았다. 이제 와 상처의 모양은 기억나지 않아도 그 흉터를 보니 그날의 기억이 선명하게 떠올랐다.

그해, 정확히 그해의 봄은 나에게 가장 지독한 시간이었다. 매일 학교 수업을 듣고 돌아오는 길 내내 참았던 눈물을 현관문을 엶과 동시에 터트리는 날들이 이어졌고, 잠시라도 한가해지면 허튼 생각이 나서 하루를 30분 단위로 쪼개서 살았다. 돈이 궁한 것도 아닌데 아르바이트를 2개씩 뛰고, 수업시간이 끝나면 과 사무실 인턴을 하면서 나를 혼자 둘 시간을 조금도 허락하지 않았다. 그래야만 더디게라도 시간이 흘러갔고 그 모진 봄이 끝날 것 같았다.

그해의 봄은 태어나 무엇도 좋아해본 적 없는 듯한 그에게 사랑 그 비슷한 걸 해보겠다고 덤비던 봄이었고, 이 무모한 도전에 몇 번이고 거절감과 실망감을 맛보아야 했던 봄이었다. 분명 서로가 서로를 좋아한다는 전제하에 시작한 연애였지만 나만 애쓰고, 나만 안달이 난 것 같아 마음이 다 닳아 없어질 것같이 아픈, 아직도 눈발이 날리는 그런 봄이었다.

그날의 기억들은 이제 많이 희미해졌지만 여전히 잊히지 않는 건 참 나약하고 또 어리석었던 나 자신이다. 사랑 앞에 당돌했던 내가 문자 하나를 보내면서도 그의 눈치를 보았고, 마음은 표현하는 사람의 것이라고 입버릇처럼 이야기했던 내가 받아줄 용의가 없는 사람에게 주는 마음은 폭력이라는 자기비하를 밥 먹듯이 했다. 날씨가 유난히 좋아서 슬펐고, 바람에 떨어지는 벚꽃이 아름다워 울었다. 그 봄은 그렇게 잔인했다.

종이가 울퉁불퉁한 것을 보니 적으며 많이도 울었고, 지우고 다시 쓴 흔적이 많은 걸 보니 그만큼 혼자 고민하는 시간이 길었다. 하지만 나는 나의 아픔을 부지런히 적어내렸다. 아마도 그 순간들을 적으며 한편으로는 시간이 지나면 다 해결해줄 거라는 생각을 했는지도 모른다. 나중에 지나고 보면 스스로가 대견스러울지도 몰라, 게다가 좋은 글감이 될 수도 있고 말이야. 아니, 나는 분명 그랬을 거다. 나는 태생이 나의 생을 좀먹고 자라는 작가이므로.

이렇게 쓰라리고 아팠던 기억도 부지런히 기록했던 나조차 어디에도 적지 못하는 그런 순간이 있다. 치부와 비밀보다 더 들키고 싶지 않은 건 나의 초라함이다. 아무에게도 보여주고 싶지 않은 치부라고 해도 누군가 단 한 명에게라도 아무 거리낌 없이 보여주고 싶기 마련이고, 절대 들키고 싶지 않았던 비밀도 사실 들키고 나면 마음이 편해지기 마련이다. 하지만 내가 고작 이만큼밖에 되지 않는 사람이라는 걸, 사실은 내가 이렇게나 별 볼일 없는 사람이었다는 걸 남기고 싶어 하는 사람은 없다. 초라함이 인간의 본디의 모습임에도 우리는 그걸 인정하는 순간 정말 보잘것없어지기 때문에 애써 외면하고 살아간다.

그래서 나는 오늘부터 나의 초라함을 열심히 기록하기로 했다. 소심하고, 처량하고, 때론 치사하고 졸렬한 내 모습도 부지런히 남겨놓기로 했다. 그걸 외면하는 순간 가장 외로워질 사람은 어차피 나이므로, 나는 모든 순간 나를 혼자 두지 않기로 작정했다. 내가 나의 초라함을 외면하지 않을 때, 다이어리에도 적지 못했던 그 순간들이 사실은 삶의 맨얼굴임을 인정할 때 나는 더 나은 사람이 되어 있을 거다.

그러니 당신도 그러하기를 바란다. 당신의 초라함을 외면하는 순간, 버려지는 건 언제나 당신 자신이다.

내가 나의 초라함을 외면하지 않을 때,
다이어리에도 적지 못했던 그 순간들이
사실은 삶의 맨얼굴임을 인정할 때
나는 더 나은 사람이 되어 있을 거다.

대일밴드 :
　　　대일밴드를 붙여야 할 곳은
　　손가락이 아닌데

　난 분명 자존감이 높은 사람이다. 못해도 평균쯤은 된다. 나는 내가 잘하는 것이 무엇인지 알고 또 썩 잘 해내며 어느 정도의 열정과 필요 이상의 배려심도 갖춘 사람이다. 내 안에 곪아 있는 상처를 직면하진 못해도 외면하진 않으며, 타인의 시선에서 자유롭진 않아도 속박되지 않는 정도의 삶. 나는 그 정도면 내 삶에 충분히, 아주 넉넉하게 만족하고 있었다.

　이전에도 연애라고 불릴 만한 관계에 귀속된 적이 분명 있었다. 나는 누군가의 사랑의 객체가 되었으며, 또 누군가를 향한 사랑의 주체가 되기도 했다. 가끔 그 둘이 일치하지 않는 경우도 있었으나 가장 분명한 사실은 누군가에게 사랑받는다는 것, 그리고 내가 누군가를 사랑한다는 것은 나를 의미 있는 인간으로 만들어주었고 그로 인해 나의 자존감은 높아진다는 사실이었다.

그런데 왜일까, 그를 만나는 1년 동안 나는 한없이 나약한 사람이었다. 스스로 대견할 정도로 혼자서 꿋꿋하게 잘 살아왔는데 그 아이에게 삶의 반을 내어준 뒤로 나는 절름발이가 된 것처럼 혼자서는 결코 서지 못했던 것이다. 나는 그 아이에게 사랑받지 못하면 곧 시들어 죽어버릴 것처럼 위태롭게 연애를 했다.

한번은 그런 일이 있었다. 그 일은 아마 나 스스로에게 가장 실망한 순간이 아닐까 싶은데…. 그날은 우리가 같이 음향수업을 듣는 날이었다. 나는 과 후배들과 함께 저녁을 먹기로 약속이 되어 있었고 그 후배들이 남자 녀석들이었기에 그에게 허락을 받았다. 속으로는 가지 말라고, 나랑 밥 먹자고 해주길 바랐고 만약 그랬다면 기다렸다는 듯 약속을 취소할 수 있었지만 그는 아주 흔쾌히 다녀오라고 했다. 그럼 그렇지. 홀로 가진 기대감이 초라한 실망이 되는 건 우리 연애에 아주 당연한 순서였다.

그는 단 한 번도 내게 질투하거나 관심을 종용하는 행동을 한 적이 없었다. 언제나 무심하게, 그러려니 하는 태도로 일관했다. 그럴 때마다 나는 그와 아무 상관도 없는 사람이 된 것만 같아 그 옆에서 외롭고 고독했다.

왜 그는 내게 질투는커녕 일말의 관심도 주지 않는 걸까? 그날도 이런 고민을 하며 고기를 뒤집고 있었다. 그러다 내 손가락이 불판에 닿았고 나는 작은 화상을 입었다. 그런데 그 순간, 내 머릿속을 스쳐지나간 생각은 놀랍게도 '아프다.'가 아니라 '다행이다.'였다.

그렇다. 그때였다. 내가 나 스스로에게 가장 실망한 순간.

뜨거운 불판에 손가락을 데고 상처를 보자마자 살짝 미소지었던 내 얼굴을 기억한다. 그 미소는 거의 무의식에 가까웠다. 이런 마음이 든 것을 부정할 수 없을 만큼 명확하게 나는 내 상처가 그의 걱정거리가 되기를 바라며 그렇게라도 그의 관심을 얻고 싶어 했던 것이다. 내 머릿속엔 온통 이 정도 상처라면 그가 나를 걱정해주지 않을까? 아니다, 차라리 조금 더 다쳐서 병원에 갔다면 그가 달려오지 않았을까? 하는 생각에 오히려 더 다치지 않은 데 대한 아쉬움마저 느끼고 있었다. 나는 지금도 그때의 나에게 미안함을 느낀다.

나는 손에 대일밴드를 붙이고 수업에 들어갔다. 그는 아직 오지 않았고 그 자리에 있는 모두가 "손가락 왜 그래? 다쳤어?" 하고 내게 물어보았다. 나는 "응 좀 데였어. 괜찮아." 하고 아무렇지 않게 이야기했다. 수업이 시작함과 동시에 그가 들어오는 바람에 나는 그에게 아프다고 투정을 부리지 못했고 수업 내내 애꿎은 대일밴드만 만지작거렸지만 그는 먼저 물어봐주지 않았다. 분명 부산스럽게 움직이는 내 손끝을 보았을 텐데도 말이다.

나는 숨을 쉴 때마다 느끼는 초라함을 모른 척하려고 애썼다. 어쩌면 그건 정말 초라해지고 싶지 않다는 자기애의 표현일지도 모른다.

이윽고 쉬는 시간이 되었고 나는 말을 걸었다.

"이것 봐. 나 다쳤어."

통명스러운 그의 표정을 바라보며 이 말을 내뱉는 건 결코 쉬운 일이 아니었다. 분명 용기가 필요했다. 단순한 투정이 아니라 무심히 돌아올지도 모르는 반응을 염두에 두고도 기어코 사랑해달라고 조르는 행위였으니까. 자존감이 낮아진 내게 연애에 수반되는 모든 행동들이 이토록 어렵고 힘든 일이었다.

그때 그는 차갑지도, 뜨겁지도 않은 미적지근한 반응을 보였다. 어쩌다 다쳤느냐고 물어보긴 했지만 결코 호들갑 떨지 않았고, 불판에 데었다는 말에 '그게 조심 좀 하지.' 하고 시선을 이

내 거두었다. 그건 마치 '몰랐어? 불판은 당연히 뜨겁잖아. 네가 조심했어야지.' 하는 말로 들렸고 나는 몰려오는 서운함에 목구 멍이 뜨거워지는 것을 느꼈다. 그러나 울 수는 없었다. 그러면 그는 또 원치 않게 미안하다는 말을 뱉어야 할 것이고, 우리 사이는 더 어색해질 테니까.

나는 바로 대일밴드를 떼어버렸다. 그가 걱정하지 않는 상처라면 내겐 아무런 의미가 없었다. 그는 조금 놀란 눈치였지만 굳이 왜 떼어내냐고 묻지 않았고 드러난 상처가 심각해 보이지 않았는지 더 이상 신경 쓰지 않았다. 나 역시 마찬가지였다. '이따위 화상이 뭐가 아프다고 엄살이야. 마음 아픈 것에 비하면 작은 생채기지 뭐.' 하는 자조적인 마음이었는지도 모르겠다. 확실한 건 그때 나를 상처 낼 수 있는 것은 달궈진 불판도, 나 자신도 아닌 오직 그 사람 하나뿐이었다.

그는 몰랐을 것이다. 대일밴드를 붙여야 할 곳이 손가락이 아니라는 걸.

그날 내가 다친 건 손가락이 아니라 마음이었고, 내가 아픈 건 불판 때문이 아니라 그 때문이라는 걸 말이다. 그 일이 있고 나서도 몇 달 동안 그와의 헤어짐을 고민한 모든 이유도, 그리고 결국은 헤어진 이유도 같았다. 그를 만나면 만날수록 내가 초라해지는 기분을 견딜 수 없어서였다.

그를 나쁜 사람이라고 책망하고 싶지는 않다. 그는 내가 아닌 누군가에게는 덤덤한 위로가 되는 사람이었을 테니까. 단지 그때의 내가 원했던 것과 그때의 그가 채워줄 수 있는 것이 달랐던 것뿐이다. 돌이켜보니 그렇다. 적어도 지금의 나라면 '그러게 조심 좀 하지.'라는 그의 말을 그렇게 곡해하진 않았을 텐데.

수년이 지나 그때를 떠올리며 이 글을 쓰는 지금도 나는 그때 느낀 초라함을 고스란히 느끼고 있다. 나 스스로가 나를 얼마나 하찮게 여기는지 깨달아버린 그 순간 나 자신에게마저 버려져 외로웠을 그때의 나를 꼭 안아주고 싶다.

그리고 그 대일밴드 위로 따뜻한 숨을 뱉으며 마음껏 호들갑을 떨어줘야지.

외롭다 느끼지 않게, 네겐 작은 상처도 용납할 수 없다는 듯이.

그는 몰랐을 것이다.
대일밴드를 붙여야 할 곳이 손가락이 아니라는 걸.

데이트 메이트 :
독점하지 않는 연애

소유하지 않는 사랑, 독점하지 않는 연애가 가능할까?

이 물음은 영화 「그녀(her)」를 보고 든 생각이다. 이 영화는 처음엔 '사랑은 육체적 본능을 뛰어넘을 수 있다.'가 주제인 것처럼 포장하고 있다. 육체적 관계 없이 오로지 정서적 교감만 가능한 OS(컴퓨터 운영체제)와도 충분히 연애할 수 있다고 말이다. 영화가 끝나기 5분 전까지만 해도 그렇게 말한다. 그 내러티브를 따라 '그래, 그럴 수도 있겠다.'라는 생각이 들 때쯤 진짜 결론을 마주하게 되는데, 바로 '사랑은 소유를 동반한다는 것'이다.

마치 육체적 본능 같은 건 의도한 바가 아닌 양, 맥거핀*이었던 것처럼 저만치 내팽개쳐버리고 마지막에 다다라서야 나만이 소유할 수 없는 것을 과연 사랑이라고 부를 수 있을지 정면으로 묻는다. (스포일러가 될까 봐 더 자세히는 이야기하지 않겠다.)

나는 그 정답을 머리가 아닌 답답한 마음으로 깨달았다. 나 혼자 독점할 수 없는 사랑, 누군가와 나눠 가져야 하는 연애는 불가능하다는 것을.

예컨대 우리는 데이트 메이트와의 관계를 연애라고 부르지 않는다. 이건 썸과는 좀 다른 맥락이기 때문이다. 썸이 연애로 가는 길목에 있다면 데이트 메이트는 연애로 가다 비껴간 샛길쯤이랄까? 이건 길을 잘못 들었기 때문에 돌아서지 않는 이상 결코 연애로 들어설 수 없다는 의미이다. 썸은 설레지만 데이트 메이트는 괴씸하다. 왜냐하면 썸은 '상대방을 내가 언젠가 독점할 수도 있지만 데이트 메이트는 그럴 수 없다. 둘 다 확실하지 않고, 미완성이며, 데이트를 하지만 서로에게 책임을 지지 않는 관계인 것은 똑같지만 그 관계의 종착역은 엄연히 다르다.

나는 확실하지 않은 것, 일부러 선택을 미루는 것, 책임을 회피하는 것을 병적으로 싫어하기 때문에 당연히 데이트 메이트

* 맥거핀–알프레드 히치콕(Alfred Hitchcock)이 고안한 극적 장치로 극의 초반부에 중요한 것처럼 등장했다가 사라져버리는 일종의 '헛다리 짚기' 장치.

라는 용어 자체에도 불쾌감을 느낀다. 애인 같은 친구, 친구 같은 애인이라는 양립할 수 없는 단어의 융합도 마음에 안 들고, 자신들의 관계를 어떻게 해서든 합리화하려고 하는 그들의 습성이 드러나는 말이라 영 께름칙하다.

소유하지 않는 연애, 독점하지 않는 연애, 서로에게 굳이 책임을 묻지 않고 권리와 의무를 주지 않는 '자유로운 연애 중'을 즐기는 사람들도 분명 있을 거다. 어느 한 명에게 귀속되는 것보다 자신과 취향이 맞는 여러 사람과 자유롭게 만남을 이어가는 사람이 잘못되었다고 손가락질하고 가르치고 싶은 마음은 없다.

나 역시도 한때는 그런 생각을 한 적이 있었다. 어렵게 생각하지 말고 남들처럼 좀 가벼워져볼까 하는 생각 말이다. 남들이 깃털처럼 가벼운 것이 아니라, 내가 돌덩이처럼 무거운 것은 아닐까? 나만 혼자 진지하고, 심각하고, 깊이 연애를 탐닉하고 있는 것은 아닐까 하는 생각, 나도 안 해본 것은 아니다. 그래, 데이트 메이트? 있을 수도 있지. 어떤 날은 구속되는 게 미치도록 싫고 데이트만 즐기고 싶은 날도 있으니까. 가끔은 연애가 아니라 데이트가 하고 싶을 때가 분명 있다. 누군가가 필요하다기보다 어떤 순간이 그리울 때. 그럴 때 찾을 수 있는 친구보다 가깝고, 연인보다는 먼 관계가 왜 말이 안 된단 말인가? 세상엔 너무나 많은 관계가 존재하는데. 연애라는 게 한없이 가벼운 만남도 아니지만 그렇다고 숭고한 의식도 아니니까 이제라도 좀 생각을 유연하게 가져보자고, 다른 문제에는 한없이 포용적인 태도와 관용의 자세를 취하면서 연애에만 이렇게 딱딱하게 굴 필요는 없지 않냐고 팔짱을 풀고 나를 설득해보기도 하고, 이해시켜보려고도 했다. 그리고 어느 정도 동화가 된 적도 있었다고 자백하고 싶다. 그때의 나도 엄연히 나니까.

하지만 이젠 적어도 연애를 이야기하는 책에서는 그러지 않기로 했다. 모두가 자유로운 연애를 지향하며 연애를 한없이 가볍게 만들고 있다면 나라도 연애에 무게를 실어주고 싶은 마음에서다. 여전히 어느 누군가의 연애담은 나처럼 매번 혼자 고민하는 시간으로 가득 차 있을 테고, 또 확실하지 않은 관계에서 끊임없이 뒹굴며 상처받고 있을 테니까. 이 책을 읽는 누군가는 분명 마음을 주지도 못하고 가지지도 못한 채 끙끙 앓을 테고, 그 마음을 이해해주는 편이 한 명쯤은 필요할 테니까 말이다.

그렇게 혼자 유난 떤다고 혀를 차는 사람들에게 둘러싸인 당신에게 말하고 싶다.

나는 좀 고지식해 보여도 좋으니 기꺼이 당신의 편이 되어주겠다고.

우리의 연애는 그들보다 묵직해서 분명 받는 사람에게 더 깊이 스며들 거라고 말이다.

문자 메시지 :
박제된 다정함

예전엔 카카오톡이라는 메신저가 없었다. 그러니까 상대방이 내 문자를 읽었는지 안 읽었는지 알 방법이 없었다는 거고, 또 문자를 하나 보내려면 글자 수를 맞춰서 보내야 하는 정성과 그 길이만큼의 돈이 들어갔다는 것이다. 지금 생각해보면 불친절하고 또 비효율적인 일이지만 그때 그 시절에는 그 불친절과 비효율이 주는 낭만이 있었다.

그때나 지금이나 나는 메모해두는 것을 목숨처럼 사수하는 편이라 좋아하는 사람이 보낸 문자 역시 중요한 기록 거리였다. 당시 휴대폰에는 문자 메시지를 최대 60개 정도까지 보관할 수 있는 기능이 있어서 남자친구가 보낸 문자 중 다시 보고 싶은 걸 저장해두었다. 그리고 60개가 다 차면 나는 그 문자를 복사해서 워드 프로세서로 옮겨두었다. 참 지독하고 징글징글한 기록 병이다. 남자친구와 다투거나 서운한 일이 생기면 저장해둔 문자를 보면서 '이땐 이렇게 다정했는데.' 하고 홀로 침전하기를 반복하거나, 입이 삐죽 나와서는 변해버린 그를 꾸짖는 증거물로 쓰기도 했다. 그러면 변해버린 그에게서 '미안해.'라는 말을 들을 수 있었지만 그렇다고 다시 그때로 돌아오는 건 아니었다. 그 '미안해'라는 말은 그때로 돌아갈 수 없어서 미안하다는 속뜻을 담고 있었으니까. 박제된 다정함 같은 건 나를 더욱 초라하게 만들 뿐임을 나는 왜 자각하지 못했을까?

연애에서 과거를 회상하는 일은 대개 아름답지 못하다. '그땐 그랬지.' 하고 추억한다는 건 지금을 그렇지 못하다는 방증이고 분명 그 얼굴에는 과거에 대한 그리움과 지금에 대한 연민이 드리워져 있을 테니.

그때처럼 다시 나를 예뻐해주기를,
그때처럼 나를 조심스러워해주기를,
또 그때처럼 사랑스러운 말들을 참다못해 터트려주기를.

이 모든 바람들은 그때이기에 가능했다. 그럼에도 불구하고 그런 사람 옆에 자신을 붙잡아두는 건 외로움보다 초라함이 더욱 견디기 쉽기 때문이다. 신이 무슨 이유로 우리를 그렇게 만들었는지 미천한 인간인 나는 잘 모르겠지만 인간은 혼자가 되는 외로움보다 함께하면서 느끼는 초라함을 조금 더 잘 견디도록 설계되어 있다. 그래서 부질없는 과거 회상과 기약 없는 낙관적 미래를 꿈꾸며 이별의 시간을 유예하고 꼿꼿하게 초라함을 견딘다.

나는 최근에서야 기록하는 것에 대해 회의를 느꼈다. 모든 사랑의 언어와 행동은 지금만 유효하다는 것을 뒤늦게 깨달았기 때문이다. 그가 오늘 나에게 사랑한다고 했다고 내일도 나를 사랑하리란 보장은 어디에도 없으니까. 이건 지나친 비관이 아니라 지극히 현실적인 이야기이며, 서운해야 할 일이 아니라 당연하게 받아들여야 하는 사실이다. 그래서 나는 연인과 주고받은 카카오톡 메시지들을 메일로 백업해놓는 일을 그만두었다. 그가 해준 기분 좋은 말은 그 순간으로 기억해두고 잊히는 대로 두리라 마음먹었다. 그래야만 나중에 그가 변해버렸을 때 눈치채지 못할 테니까. 심증은 있어도 물증이 없으니 내 착각이려니 하고 넘길 수 있을 테니까.

결국 변하지 않는 사랑은 없는 것 아니냐며 우울해할 필요 없다. 대신 오늘 '사랑해.'라고 말했다고 내일 '사랑해.'라고 말하지 않는 사람이 아니라, 어제 '사랑해.'라고 말한 것을 잊고 오늘도 '사랑해.'라고 말하는 사람을 만나면 될 일 아닌가? 「첫 키스만 50번째」의 남자 주인공 헨리 로스처럼 말이다. 나는 모든 영화는 현실보다 더 영화 같을 수 없다고 믿기에 분명 현실에서도 헨리 같은 남자를 만날 수 있을 거라 생각한다. (이왕 만난다면 그보다 옷을 좀 더 잘 입었으면 좋겠다.)

비밀번호 :
가장 소중했던 것이
가장 흔한 것이 되었을 때

　지킬 게 많아져 번거로운 일이 많은 세상이다. 예전엔 곳간에만 자물쇠를 채워놓으면 됐는데 이젠 집에 들어올 때도 두 번쯤 비밀번호를 눌러야만 내 집에 들어올 수 있다. 내가 매일 쓰는 휴대폰에도 비밀번호가 걸려 있고, 그 휴대폰 안에 메신저 앱을 켜려면 또 다른 비밀번호를 쳐야 한다. 비밀번호도 날로 복잡해져간다. 세 자리면 되었던 자물쇠 비밀번호가 네 자리로, 여섯 자리로, 이제는 대소문자에 특수문자까지 넣어 열 자리쯤 맞춰야 안전하단다. 안전을 위해 불편을 감수해야 하는 시대에서 비밀번호는 내가 기억해야 하는 가장 중요한 정보가 되었다.

각자 비밀번호를 만드는 방법이야 천차만별이겠지만 대부분 기억하기 쉽도록 자신에게 의미 있는 숫자를 쓴다. 내 정보를 지켜줄 소중한 비밀번호이기에 가장 소중한 것을 떠올리게 되는가 보다. 기억하기 가장 쉽게 자신의 휴대폰 번호나 생년월일을 쓰는 경우가 많은데 요즘엔 휴대폰 번호나 생년월일은 그놈의 보안상 이유로 사용이 불가해서 대충 아무 번호로 했다가 잊어버리고 또 잊어버리는 일이 허다해졌다. 그래서 다음 방안은 자신에게만 의미 있는, 말하자면 비밀스러운 숫자들이다. 이를테면 당시 남자친구의 생일이나 휴대폰 번호, 남자친구와 사귄 날짜나 둘만이 아는 의미 있는 숫자 같은 것 말이다.

그 덕분에 비밀번호는 연인 사이에서도 공유하기 전에 가슴을 한 번 쓸어내려야 하는 비밀스러운 것이 되었다. '아직도 전 여자친구 생일이네, 잊지 못했나 봐.' '전 남자친구 전역 날짜를 비밀번호로 해놨더라. 아직도 기다리고 있는 거 아닐까?' 연애 상담을 꽤나 해본 사람이면 한두 번쯤 들어봄 직한 고민일 것이다. 사실 대부분은 기억하기 쉬워서 해놓은 건데 상대방은 그 숫자에 크게 의미부여를 한다. 그런 고민을 하는 사람들의 대부분은 연인이 헤어질 때마다 비밀번호를 바꾸는 사람일지도 모른다. 그래서 어쩌면 전 여자친구의 생일을 비밀번호로 해놓은 사람은 그 누구보다 전 여자친구를 깨끗하게 잊어버렸을 수도 있다. 게다가 그 번호가 전 여자친구의 생일이라는 사실도 상대방이 물어보기 전엔 절대 깨닫지 못할 확률이 더 높다.

이제는 아무 의미 없이 그저 네 자리 숫자로 전락해버린 내 가장 소중했던 옛사람의 생일. 절대 잊히지 않을 것 같아 정해놓은 네 자리 숫자가 이제는 눈감고도 칠 수 있게 되었지만 그 의미는 까맣게 잊어버렸다는 아이러니는 연애의 구슬픈 끝자락을 보여주는 것 같다.

어쩌면 소중했던 사람을 잊으려고 노력할 때보다, 가장 소중했던 것이 가장 흔한 것이 되었을 때 그 사랑의 힘이 다했다고 말할 수 있지 않을까? 이별 후 가장 서글픈 건 그 사람이 나 때문에 힘들어하고 있다는 소식이 아니라 그 사람이 마치 내가 원래 없던 사람인 양 잘살고 있다는 말을 들었을 때니까. 든 자리보다 난 자리가 더 티 난다는 옛말이 무색하게 그 사람의 인생이 내가 없어도 순탄하게 흘러갈 때 우리는 이별에 대한 아픔을 넘어 관계에 대한 허무를 느낀다.

여전히 많은 사람들의 사랑을 받고 있는 윤종신의 「좋니」라는 노래에 이토록 많은 사람들이 공감한다는 건, 이별 후 사무치는 슬픔만큼이나 이별 후 잘 지내는 그 사람의 소식에 혼자 억울하고 쿨하지 못한 사람이 된 것 같은 자괴감의 크기도 못지않기 때문일 것이다. 오늘도 라디오에서 이 노래가 흘러나오는

데 '잘했어. 넌 못 참았을 거야. 그 허전함을 견뎌내기엔'이라는 가사가 그리 찌질하게 들릴 수가 없더라. 다음 연애의 이유가 자신이 없는 허전함을 참지 못해서, 그 사람이 좋은 사람이어서가 아니라 내 허전함을 채우기 위한 대용품이었다고 자위하는 모습이 어찌나 안쓰럽던지. 그러게 있을 때 잘하지. 여자친구가 자기 생일을 비밀번호로 해달라고 하면 좀 해주고, 1년에 며칠 안 되는 기념일엔 좀 시간도 비워놓고 말이다. 그게 뭐가 그렇게 어려운 일이라고. 연애가 끝나고 후회하고 원망하는 건 그 쉽고도 중요한 일을 어렵고 무의미한 일 뒤로 미룬 당신 같은 사람들의 몫이다. 그래 놓고 이제 와서 좋냐고? 그래, 좋지 그럼.

모든 이별은 쌍방과실이지만 5대 5인 경우는 절대 없다. 가장 소중했던 것이 가장 흔한 것이 되었을 때 누군가는 후회하고 누군가는 후련한 것이 연애의 끝이다. 하지만 연애가 끝난 순간, 내가 후회할지, 후련할지 그 순간이 오기 전까지는 절대 모른다. 아마 그걸 미리 알 수 있다면 미련과 후회라는 단어를 남기는 일은 아무도 하지 않을 테니까. 다만 우리가 할 수 있는 일은 아직 연애가 끝나지 않았을 때 미련으로 남지 않도록 사랑을 다 써버리는 것이다.

아이스크림 :
녹지 않는 건 마음뿐

내게는 내 연애사를 나보다 더 줄줄 읊는 몇몇의 친구들이 있다. 누군가는 이름으로, 누군가는 나와 그가 사귄 기간으로, 또 누군가는 특정 키워드로 나와 연루된 연애 인물들을 구분 짓는다. 각자의 연애 성향에 따라 '걘 그래도 괜찮았지.' 하는 인물도 제각각이고, 최악으로 뽑는 남자 리스트도 천차만별이지만 모두가 입을 모아 얘기하는 단 한 명의 연애 상대가 있다. 이유는 간단하다. 그 애를 이야기할 때 내 표정에서 가장 빛이 났기 때문이란다.

만난 기간은 1년 남짓이지만 나는 사람이 사람을 그렇게도 깊이 마음에 품을 수 있다는 사실을 그 사람을 통해 배웠다. 나의 모든 시공간의 축이 한 사람을 기준으로 흘러가는 것은 나처럼 연애를 업으로 삼은 연애지상주의자에게도 결코 흔한 일이 아니다. 벌써 7년이라는 시간이 흐르고 또 그사이 몇 번의 만남과 헤어짐이 반복되었음에도 그때만큼 사랑이 사랑답게, 연애가 연애답게 기억되는 순간은 없으니 말이다. 헤어짐에는 분명한 이유가 있었지만 첫 만남부터 마지막 헤어지는 날까지 나는 그가 나를 사랑하지 않는다고 의심해본 적이 단 한 번도 없었다. 그 사랑이 죄가 되어 헤어짐을 택했을지라도 그는 그만큼 나에게 확신을 주는 사람이었고, 그 확신은 그의 말 한마디와 눈빛, 행동 하나하나가 쌓여서 만들어낸 아주 견고한 결과물이었다.

상대방의 마음에 대한 확신이 들 때 내가 하는 행동은 크게 두 가지다. 하나는 내가 주고 싶은 것을 마음껏 주는 것이고, 또 하나는 그가 주는 것을 마음껏 받는 것이다. '이걸 주면 좋아할까?'라는 생각은 불필요하다. 그는 나를 사랑하기 때문에 내가 무엇을 줘도 기쁜 마음으로 받아줄 테니까. 또 그가 나에게 무언가를 줄 때도 마찬가지다. 아무리 작은 것을 줘도 서운하지 않고, 아무리 큰 것을 줘도 부담스럽지 않다. 그 안에 담긴 마음의 크기는 똑같다는 걸 알기 때문이다.

그날은 초여름이었고 평소보다 일찍 아르바이트가 끝났다.

나는 몇 시간 일찍 그를 만날 생각에 신이 나 가까운 마트에 들러 커다란 통에 든 아이스크림을 샀다. 나는 아이스크림이 녹을세라 배운 지 얼마 되지도 않은 자전거 페달을 열심히 밟아가며 그의 집으로 향했다. 그러다 반쯤 왔을 때 인도와 도로를 잇는 턱을 못 보고 달려가다 그대로 걸려 넘어지고 말았다. 눈물이 찔끔 날 만큼 아팠고 무릎에서 피도 났지만 나는 지체없이 다시 자전거를 타고 열심히 달렸다. 그가 아이스크림을 보고 아이처럼 좋아할 모습을 상상하면서 말이다. 그렇게 그의 집에 도착했는데 문이 잠겨 있었고 급한 마음에 전화를 걸었지만 전화를 받지 않았다.

아이스크림이 녹을 텐데.

조바심이 났다. 나는 여러 번 그에게 전화를 걸었고 10분쯤 지났을 때 드디어 그가 전화를 받았다. 나는 대뜸 화를 냈다. 대체 전화도 안 받고 뭘 하고 있느냐고, 너랑 먹으려고 아이스크림을 사왔는데 너는 없고 아이스크림은 다 녹았다고, 잘 타지도 못하는 자전거를 타고 달려오다 넘어져서 피도 난다고 말이다. 나는 정말 아이처럼 떼를 쓰며 울었다. (지금도 뭐가 그렇게 서러웠는지 모르겠다.) 그는 어차피 내가 아르바이트를 하는 시간이라 친구들과 축구를 하고 있었다고 했다. 그는 전화로 내 목소리를 듣자마자 친구의 오토바이를 빌려 타고 내가 앉아 있는 집

앞 놀이터로 달려왔다. 그러곤 바닥에 무릎을 꿇은 채로 피가 나는 내 무릎을 보고는 속상한 얼굴로 나를 달래며 내 이야기를 다 들어주었다. 그 아이스크림이 얼마나 맛있는지부터 내가 어쩌다가 넘어졌는지, 도착해서 네가 없는 동안 내가 이 놀이터를 몇 번을 서성였으며, 또 전화를 거는 내내 무슨 생각을 했는지까지 말이다.

사실 따지고 보면 그는 잘못한 것이 없었다. 내가 말도 없이 아이스크림을 사서 그의 집에 갔고, 또 급한 마음에 턱을 못 봐서 넘어졌고, 여름이다 보니 아이스크림이 빨리 녹은 것뿐이다. 하지만 그는 내게 내내 사과를 했다. 말도 없이 가서 미안하다고, 넘어져서 아파하고 있는데 혼자 신나서 축구를 하고 있어서 미안하다고, 아이스크림이 녹는 것도 모르고 전화를 늦게 받아서 미안하다고. 나는 그제야 울음을 그쳤고 그 역시 별일 아닌 일에 너무 크게 울어버린 나를 채근하지 않고 아이스크림보다 훨씬 맛있는 걸 사주겠다며 나를 이끌었다. 나는 못 이기는 척 일어났고 우리 중 그 누구도 다 녹아버린 아이스크림을 챙기지 않았다.

그 뜨거운 여름밤,
녹지 않은 건 우리 마음뿐이었다.

별것 아닌 이 이야기가 오래도록 내 마음속에 남아 있는 것은 지금까지도 나는 그때처럼 마음껏 주고 싶은 것을 주면서, 받고 싶은 걸 받으면서 사랑하지 못하고 있어서일지도 모른다. 여름날 아이스크림 하나를 사면서도 '그가 아이스크림을 안 좋아하면 어쩌지?', '집에 없으면 어쩌지? 전화라도 해보고 갈까?', '괜히 사달라고도 안 했는데 부담 주는 건 아닌가?' 이 모든 자잘한 고민들은 상대방을 향한 배려라는 보기 좋은 이름을 붙여놓았지만 사실 거절당할까 두려운 마음이다. 나이가 들수록, 동시에 앞뒤를 가리게 될수록 연애 안에 이런 고민들은 늘어났고 그만큼 마음을 표현하는 일은 줄어들었다. 상대방의 마음을 받는 일에도 마찬가지다. 자꾸 있지도 않은 속뜻을 혼자 추궁하고 곡해하는 일이 잦아졌다.

언젠가 다시 그때처럼 앞뒤 가리지 않고 그 사람에게 달려가 마음껏 주고 싶은 것을 안겨주는 날이 올까? 뜨거운 여름날에도 녹지 않는 마음을 품을 수 있을까?

지금은 자신이 없다. 나는 오늘도 그에게 전화를 걸기 전에 '바쁜 와중에 방해가 되면 어떻게 하지?' 하고 5분쯤 망설였는걸.

그 뜨거운 여름밤,
녹지 않은 건 우리 마음뿐이었다.

영화 「냉정과 열정 사이」 :
냉정을 알아보는 열정

나는 글을 쓰는 사람치고는 책을 많이 읽지 않아서 항상 그 점을 콤플렉스처럼 여겨왔다. 그래서 누가 먼저 내게 묻기도 전에 '전 작가지만 책은 누구보다 적게 읽었어요.'라고 이야기를 하는 습관이 있다. 그럼에도 불구하고 내가 유일하게 한 책을 읽고 반하여 그 작가의 모든 책을 사모은 적이 있는데 바로 일본 작가 에쿠니 가오리였다.

처음 만난 그녀의 책은 『반짝반짝 빛나는』이었다. 2009년 차가운 내 자취방에서 텅스텐 조명을 켜놓고 밤새워 책을 읽으며 울었던 그날이 아직도 기억난다. 결코 사랑받을 수 없을 것 같은 사람들이 서로이기에 서로를 이해하며 사랑을 해나가는 모습이 감동스러웠달까. 나도 그렇게 서로이기에 할 수밖에 없는 사랑을 하고 싶었다. 어디에도 없을 것만 같은 유일한 사랑 말이다. 그 뒤로 사랑이라는 걸 좀 하다 보니 그들의 사랑이 유별난 것이 아니라 모든 사랑이 원래 퍼즐 같은 것이더라.

그 뒤로 사모은 그녀의 책 중 내 마음을 흔들어놓은 것이 바로 『냉정과 열정 사이』다. 두 명의 작가가 한 제목의 소설을 여주인공과 남주인공의 입장에서 나눠 써내려간 소설인데 나는 이 책을 읽자마자 남자 주인공인 준세이 입장에서 쓰인 츠지 히토나리의 『냉정과 열정 사이』를 당시 만나던 남자친구에게 선물했다. 여자 주인공인 아오이 입장에서 쓰인 에쿠니 가오리의 책을 선물하지 않은 이유는 내가 준세이를 좀 더 닮아 있었기에 그가 그 책을 보고 내 사랑을 좀 더 이해해주고 알아차려주길 바라는 마음에서였다. 그때까지도 나는 아오이의 냉정하고 숨겨진 사랑보다 준세이의 눈에 보이는 열정적인 사랑을 더 지지했고 그게 더 옳다고 믿었다.

시간이 흘러 이 소설을 원작으로 한 영화가 재개봉했다. 그때까지 나는 소설이 너무 좋아서 소설에서 받은 감동이 사그라질까 왠지 아까운 마음에 영화를 보지 않고 버티고 있었는데 재개봉을 한다기에 이때다 싶어 혼자 영화를 보러 갔다. 여전히 나는 열정적인 사람이었고, 공교롭게도 사랑에 냉정한 누군가를 마음에 품고 있을 때였다. 나는 준세이의 사랑을 보며 위안을 얻고 싶었으나 영화가 끝나고 나서 전혀 다른 마음을 안고 극장을 나왔다. 혹자들은 끊임없이 사랑을 표현하고 사랑 앞에 열정을 다하는 준세이에게는 연민을, 그리고 10년 동안 준세이를 방치하며(?) 어떤 말도 하지 않는 아오이에게는 공분을 느낄지도 모른다. 그리고 언제나 사랑 앞에 솔직하고 열정적인 준세이에게 자신을 투영시킨 후 이렇게 이야기할 수도 있다.

"이것 보라고. 내 사랑은 이렇게 열정적이고 뜨거워. 그걸 모른 척하는 넌 정말 못된 사람이야." 하고 말이다.

만약 한참 전에 이 영화를 봤다면 나도 같은 생각이었을지도 모르겠으나 그날의 나는 이 영화의 제목처럼 '냉정도 열정도 아닌 그 사이'에 대해 생각하게 되었다. 이 영화는 준세이의 사랑을 지지하거나, 아오이의 사랑을 옹호하는 영화가 아니라 그 둘의 사랑 '사이'를 비추는 영화라는 생각이 들었기 때문이다. (이건 정말 그 영화의 의도가 이것이었는지, 아니면 내가 그만큼 성숙해서인지, 그것도 아니면 끊임없이 냉정한 그 사람을 이해해보려던 내 노력의 결과인지는 잘 모르겠다.)

난 항상 표현하지 않는 마음은 반칙이라고 생각했다. 자신이 상처받지 않기 위해 남에게 상처를 입히는 고약한 방어기제라고 말이다. 행복하지 않으면서 행복한 척, 괜찮지 않으면서 괜찮은 척하는 건 그 사람을 행복하게 만들어주고 싶은 누군가에게, 그 사람을 위로해주고 싶은 누군가에게 반칙이니까. 나는 패를 다 보여줬는데 상대방은 패를 보여주지 않는다면 그건 명백히 불리한 게임일 테니까 말이다.

그런데 이 영화를 보면서 그 생각이 많이 바뀌었다. 아오이가 사랑하는 방식이 결코 부당하거나 불합리해 보이지 않았기 때문이다. 아오이는 자기 나름으로 정말 열심히, 최선을 다해서 사랑하고 있었다. 오히려 준세이보다 더 치열하게 말이다. 가끔은 준세이가 자신의 열정에 취해 아오이의 사랑을 알아보지 못할 때도 있다고 느낄 정도로 나는 어느 누구의 사랑도 아닌 둘 사이의 간극에 자꾸만 시선이 갔다. 그곳에 내가 미처 보지 못했던 냉정한 그 사람의 사랑이 둥둥 떠다니는 것 같았기 때문이다.

사랑을 표현하는 사람과 표현하지 않는 사람이 서로 사랑하고 있다면, 겉으로 보기엔 표현하는 사람이 약자인 듯하지만 사실은 표현하지 않는 사람이 더 지독하게 외로운 시간을 보내고 있을 수도 있다는 것. 그러니 표현하는 사람이 표현하지 않는 사람의 사랑을 찾아 알아봐주는 것이 진짜 사랑일지도 모르겠다.

냉정한 사람을 굳이 열정적인 사람으로 바꾸려는 것이 아니라 말하지 않아도 내가 먼저 알아봐 주는 것. 그리고 반대로 자신을 향한 뜨거운 열정을 끝끝내 냉정하게 내치지 못하는 것, 그것이 진짜 사랑이 아닐까?

물론 어렵겠지. 보이지 않는 것을 믿는다는 건 정말 어려운 일이니까. 하지만 하나 다행인 건 냉정한 사람들은 언제나 알아봐 주기를 바라기 마련이다. 그래서 아주 사소하지만 결정적인 힌트를 준다. 아오이가 준세이의 집에 공연 팸플릿을 두고 간 것처럼.

나는 사랑을 표현하는 열정, 그리고 표현하지 않는 냉정 모두를 응원한다. 다만 냉정한 이들은 많은 힌트를 남겨주고, 열정적인 이들은 더 많이 알아봐주기를 바랄 뿐.

우리는 이들처럼 10년의 세월을 돌고 돌아 만나지 않고, 조금 덜 헤매고, 조금 덜 기다리기를, 그래서 냉정과 열정 사이를 배회하는 시간보다 사랑하는 시간이 더 길기를.

나는 사랑을 표현하는 열정,
그리고 표현하지 않는 냉정 모두를 응원한다.

Chapter 03

나를 이렇게까지
비참하게 만드는 건
연애뿐이었다

나

란 사람은 가만히 두면 언제나 생각이 부정적으로 흘러가고 대신에 이성이 돌아오면 한없이 낙관적이어진다. 이건 아마 내가 가진 성향은 부정적이나 내가 가진 성능은 긍정적인 탓일 것이다. 이 성향과 성능의 부조화는 내 삶에 수많은 고민과 망설임을 낳았고, 삶이 흘러가는 방향에 몸을 싣다 보니 어느새 그것들을 재료로 글을 쓰는 사람이 되었다. 삶이 가끔은 버티기 어려울 만큼 버거웠지만 몇 줄의 글을 낳았으니 내내 산통을 겪었다고 하면 위로가 될까.

이런 내가 몇 번의 연애를 거치고, 몇 명의 남자를 만나면서 남자는 그놈이 그놈이라는 말은 참이지만 연애고 사랑이고 어차피 별 볼 일 없을 거라는 말은 거짓임을 알아차렸다. 사람은 다 거기서 거기여도 사랑은 모두 달라서 연애에 대해 정의를 내리는 일은 무의미하다. 사전적 의미나 연애라는 단어의 용례 같은 건 단 한 번도 중복될 일이 없는 아주 비효율적인 단어다. 가족이라는 단어가 그렇듯, 연애나 사랑이라는 의미가 그렇듯 삶에서 중요한 것들은 대부분 죽는 날까지 뚜렷한 정의를 찾지 못한 채 삶의 한 모서리를 차지한다.

나는 내 감정을 해소하기 위해, 때로는 상대방을 억지로라도 이해해보려고, 또 가끔은 작가라는 사명감으로 나의 이야기를, 생각을, 감정을 고스란히 받아적지만 아무도 이 초라한 감정에 공감하지 않았으면 한다. 아무도 이 척박한 상황에 놓이지 않기를 바라고 언제나 촉촉하고 포근하고 따뜻한 감정의 소용돌이 안에서 헤엄치기를 바란다. 혼자 너무나 긴 시간을 고민하고, 그렇게 내린 결정 앞에서도 수없이 망설이다 끝끝내 후회하는 일 따위는 절대 없었으면 한다. 힘들게 낸 용기가 너무 쉽게 묵살당하지 않았으면, 표현하는 것에 두려움 없이 내지르며 상대방에게 혹여 부담이 될까 숨을 참는 일이 없었으면 한다. 그리고 너무 아픈 사랑은 사랑이 아니었음을 직접 겪어보지 않고 노래로 깨달았으면 한다.

그리고 가능하다면 달 표면에 찍힌 누군가의 발자국처럼 영원히 지워지지 않을 상처 따위를 새기는 건 꼭 남의 일이었으면 좋겠다.

어둡고 우울한 사랑의 뒷면은 내가 보고 올 테니, 당신은 좋은 것만, 예쁜 것만 보았으면 좋겠다.

일기예보는
보고 다녀야죠

나는 사랑에 관대하면서 동시에 보수적인 편이라 흔히 말하는 어장관리를 전혀 못하고 '거 이제 좀 확실히 합시다.' 하고 먼저 선을 긋는 편이다. 이런 적도 있었다. 친하게 지내던 남자애가 있었는데 그 애가 언젠가부터 나에게 이유 없이 선물을 주거나 문자 메시지를 자주 보내기에 "혹시 너 나 좋아하니?"라고 눈을 동그랗게 뜨고 물어보았다. 당연히 그 애는 당황하며 아니라고 했고 나는 "그래, 그럼 나 좋아하지 마. 나 좋아하는 사람 따로 있거든." 이라고 못을 박아버렸다. 나중에 듣고 보니 그 애는 나를 좋아하고 있었지만 그렇게 물어오니 어찌할 바를 몰랐다며, 고백도 안 했는데 거절당한 사람은 자기밖에 없을 거라고 툴툴댔다.

내가 이렇게까지 하는 이유는 두 가지가 있는데 하나는 상대방에게 희망 고문을 하고 싶지 않아서이고, 또 한 가지는 내가 상처받지 않기 위해서다. 나는 한번 연애의 물결을 타기 시작하면 온몸을 싣는 스타일이라 신중해야 하기 때문이다. 내 연애 사정이 이렇다 보니 가끔 헛다리를 짚은 적도 있는데 나로서는 조금 억울할 때가 많다. 분명 단둘이 밥도 먹고, 새로 개봉한 영화도 단둘이 몇 편 보고, 용건 없이 카톡을 주고받기도 했으니 이 정도면 연애라 부름 직하다 싶어 먼저 발을 내디뎠을 뿐인데 돌아보니 혼자만 덩그러니 남겨진 것이다. 우리 사이에 있었던 모든 것은 단지 호의였고 배려였지, 연애는 아니었다는 그들의 말에 허무와 억울함에 몸서리치는 건 언제나 적당히 눈치 보고 능숙하게 밀고 당기기를 못한 나의 몫이었다.

그때마다 내 기분은 이랬다. 환절기에 일기예보를 안 보고 나갔다가 다들 아직 코트를 입고 있는데 혼자만 반소매를 입고 있는 기분이랄까? 날이 따뜻한 줄 알고 아이스 아메리카노를 시켜서 들고 나갔더니 손이 시리고 이가 덜덜거리는 기분이랄까? 뻘쭘하고, 창피하고, 일기예보는 왜 안 보고 나왔나 후회도 되고, 추운 날씨가 야속하기도 한 거다. 아직은 추울 거라고 미리 귀띔이라도 해줬으면 카디건이라도 챙겼을 텐데 말이다.

그래서 난 혼자 감기에 걸렸다. 일기예보를 안 본 내 탓이지 뭐. 그런데, 그런데 말이다. 칼바람이 불면서 따뜻한 봄날인 척한 날씨에도 조금의 책임은 있지 않나? 나 혼자만 감기에 걸린 게 영 억울해서 말이다.

PS. 뭐 일기예보를 보고 나온들, 맞은 적도 별로 없잖아!

미련을 버린다는 것

작년 겨울 홀로 제주도로 일주일 정도 여행을 떠났다. 3년째 붙잡고 있던 소설을 끝내겠다는 다짐과 6개월째 끌고 있던 모호한 관계를 끊어보겠다는 의지를 갖추고 떠난 여행이었다.

실은 아직 반도 넘게 남은 소설을 끝낼 자신도, 여전히 답을 얻지 못한 그 관계를 먼저 놓아버릴 자신도 없었다. 다만 내게 휴식을 주고 싶었다. 나는 꽤 많이, 오랫동안 지쳐 있었기 때문이다.

오후 늦게 제주도에 도착한 첫날은 그대로 숙소에 들어가 쉬기로 했다. 나는 관광객이 아니라 요양 온 환자였으니까 아무것도 하지 않는 시간을 아까워하지 않기로 마음먹었다. 그리고 다음 날은 숙소 근처에 있는 예쁜 카페에서 당근 케이크와 따뜻한 라테로 아침을 때웠다. 낯선 주변의 풍경과 제주 여행으로 들뜬 사람들, 그리고 2월이지만 춥지 않은 날씨에 마음을 빼앗겨 나는 한동안 소설도, 그 사람도 떠올리지 않은 채 그 공기를 머금고 있었다. 그래, 이게 내가 이곳에 온 이유였다. 도무지 분리되지 않는 일상으로부터 동떨어지기 위한 물리적 거리감이랄까.

그리고 그때 내 귀에 들린 목소리에 나는 이내 정신을 차렸다. (다시 소설로, 그 관계로 회귀했다는 의미다.)

"미련 버려. 차에서 저걸 주워서 계속 들고 다니네, 버려야지."

그 목소리의 주인공은 내 뒷자리에 있던 두 살배기 아이의 엄마였다. 아마도 아이가 쓰레기를 주워 버리지 않고 계속 들고 다닌 모양이었다. 그런데 그 말은 애꿎은 나의 귓바퀴에 걸려 계속 윙윙거렸다.

미련을 버린다는 것.
버려야 하는 것을 주워서 계속 들고 다니는 것.
불편하면서, 계속 떨어트리면서 기어코 손에서 놓지 못하는 그 무언가.

내게도 그런 것이 있었다. 몇 달째 놓지 못하는 어떤 마음이었는데 미련이라는 단어가 꼭 맞았다.

아마 하늘에서 누군가가 나를 내려다보고 있다가 '어휴, 저 미련 곰탱이. 저기까지 가서 저러고 있네.' 하는 마음에 그 엄마의 입을 빌려 내게 말해준 것은 아닐까 싶었다. 아이에게 '미련 버려.'라는 말을 하는 엄마는 드물지 않나? 생각해보면 그렇다. 겨우 두 살배기 아이가 무엇에 미련이 남는다고 그걸 버리지 않았을까. 그저 좋아서 들고 있었겠지. 아이는 이내 그 물건을 버렸을지 모르겠으나 나는 그 뒤로도 한참 동안 미련이라는 단어를 곱씹어보았다. 더 정확히 말하자면 나는 왜 이토록 아무것도 아닌 이 관계에 미련을 버리지 못하는 것일까 하는 질문이 자꾸 들어서였다.

미련이라는 감정은 어떤 열렬한 감정을 떼어내려다 스티커 접착제처럼 지저분하게 남은 것이지 단순히 호기심으로 잠깐, 가벼운 호감에 취한 것으로 생기는 감정은 아니다. 그러니까 미련이 생기려면 이전에 열렬한 감정이 우선되어야 한다는 것이다. 그 감정은 대개 사랑이고 가끔은 정의 구현, 분노 표출, 강렬한 욕구가 될 수도 있다. 그런데 미련이 응축되기 위해서 꼭 필요한 것이 하나 더 있는데 그건 바로 '이미 시작된 것의 미완결성'이다. 아무리 열렬한 감정이라도 마음껏 다 쏟아냈다면 우리는 미련을 갖지 않는다. 오히려 감정이 클수록 몇 배쯤 더 후련함을 느낄지도 모른다. 지독한 투쟁 끝에 얻어낸 승리는 더욱 값지고 행여 패배하더라도 제대로 끝이 난다면 오히려 깨끗이 포기할 수 있다. 하지만 지나간 것에 대해 어떤 결말도 없이 침묵해버린다면 우리는 응당 미련을 가질 수밖에 없다.

게다가 미련이라는 감정은 한번 발현되기 시작하면 나 혼자서 해결하기가 무척이나 어렵다. 미련을 버리기 위해서 내가 할 수 있는 것은 지극히 한정적이기 때문이다. 내게 미련을 갖게끔 만든 상황이 종결될 때까지, 내가 미련을 가지고 있는 대상이 어떤 대답을 내놓을 때까지 나는 찝찝하게 미련을 손에 들고 기다리는 것밖에는 할 수 있는 것이 없다. 그래서 나는 '미련'이라는 감정이 가장 싫다.

무심결에 들은 말에 이렇게까지 '미련'이라는 단어를 생각하는 이유는 내게 미련을 남긴 그 사람에게 책임을 묻고 싶어서였다. 내가 제주도까지 낑낑거리며 들고 갔던 이 미련은 '나는 정말 열렬한 진심이었고, 우린 분명 무언가 시작했으며, 아무것도 종결된 것이 없었다.'는 뜻일 테고, 그렇다면 그에게 따져 물을 만한 자격이 있지 않을까? 하는 생각이었다. 만약 그가 아무것도 시작하지 않았다면, 혹시나 헷갈려 무언가 시작했더라도 제대로 끝내주었다면 내게 이렇게 미련이 남지는 않았을 테니까.

나는 서울로 돌아가면 그에게 꼭 이야기할 것이라 다짐했다.

내게 미련이 남게 만든 당신에게도 분명히 책임이 있다고. 사랑해주고 말고는 분명 당신의 자유이지만 사랑해주지 않을 거라면 미련이 남지 않도록 깨끗하게 입장 정리를 해줄 의무가 있다고 말이다.

그러니까, 마음껏 요구할 것이다. 나를 향한 당신의 마음이 어떤지, 내가 지금 여기서 한 발을 뗄 때 뒷걸음질 쳐야 하는지 아니면 앞으로 나아가야 하는지 알려달라고. 물론 'NO'라는 대답을 들어도 괜찮을 수 있는 용기가 있어야겠지만, 분명한 것은 그 아픔은 미련보다 더 길지는 않을 것이다.

제주도에 있는 내내 단내가 날 때까지 미련을 곱씹은 덕일까? 얼마 지나지 않아 나는 오랫동안 끌어왔던 이 이야기를 비로소 끝낼 수 있었다. 그와의 관계는 완전히 끝났지만 생각보다 아프지 않았고, 내일 당장 미워할 자신은 없었지만 그래도 다행인건 조금도 미련이 남지 않았다는 것이다. 나는 온 마음을 다 쏟아냈고, 그에게 힘껏 책임을 물었으며, 서로 입장 정리를 말끔하게 마쳤으니까.

음, 미련을 버린다는 것은 생각보다 간단했다.

음, 미련을 버린다는 것은
생각보다 간단했다.

연애는 마음이 머리를
이겨먹을 때부터 시작된다

나는 '연애 경험은 많으면 많을수록 좋다.'라는 명제에 동의하지는 않지만 언제나 내가 좋아하는 사람이 나를 좋아해 주는 기적과도 같은 일이 일어나길 바란다. 그래서 먼저 마음을 드러내고, 더 많이 좋아하고, 주고 싶은 것을 마음껏 내어주는 편이다.

나와 같은 부류의 사람들이 썸에서 연애로 넘어가지 못하는 경우의 대부분은 밀당을 전혀 하지 못하기 때문이다. 당기고 당겨서 폭 안겨 있다면 모를까 좋아하면서도 그 사람을 밀어내야 하는 것에 대해 자기 설득이 잘 되지 않는 것이다. 사실 밀당이라는 게 왜 필요한지도 모르는 경우가 더 많다. 다들 한다기에 한번 해보려는 것뿐. (물론 그마저도 대부분 실패한다.)

하지만 나는 이 실패를 응원한다. 오히려 축복해주고 싶을 정도다. 적당히 밀고, 적당히 당겨야 내 옆에 붙어 있는 사람이라면 나는 그런 사람을 굳이 내 옆에 붙여놓고 싶지도 않고, 그렇게 애써가며 관계를 유지해나갈 마음의 여유도 없다는 이유에서다. 만약 연애에 밀당 내가 상대방을 좋아하는지 안 좋아하는지 확신하지 못하도록 만드는 행위 이 연애에 필수조건이라면 나는 결코 연애지상주의자가 되지 못했을 것이다. 그따위(?) 감정싸움이 연애라면 내게 흥미도 의미도 없고 또 어지간히 피곤한 일이 아닐 수 없기 때문이다.

아무리 밀당이 연애의 필수조건이 되었다지만 나는 여전히 수많은 연애 지침서에 나오는 밀당의 당위성에 대해 조금도 동의하지 못한다. 특히 '썸'에서는 밀당이 거의 신의 한 수인 것처럼 표현되는데 그건 더더욱 이해할 수 없다. 다들 겁쟁이인 것인지, 아니면 아슬아슬하고 언제든 발을 빼도 책임을 묻지 않는 가벼운 관계를 지향하는 것인지 모르겠다. 뭐든 좀 확실히 하면 좋을 텐데.

우리의 연애가 어려워지는 이유는 '밀당을 못해서'가 아니라 '굳이 밀당을 해서'라고 난 믿는다. 진짜 연애다운 연애를 하는 사람들은 결코 밀당을 하지 않으니까. (만약 당신이 어설프게라도 연애를 이어가고 싶다면, 지금 당장 외로워서 누구라도 옆에 있었으면 좋겠다고 생각한다면, 그리고 그 사람이 그다지 좋은 사람이 아니어도 괜찮다면 또 모르겠지만.)

그러니 그냥 우리 서로 속 편하게 마음 가는 대로 하면 안 될까?

배려하지 말자는 게 아니라,
눈치 없이 굴자는 게 아니라,
맘에도 없는 말로 흔들어놓지 말고,
그 한마디를 할까 말까 고민하며 혼자 속 태우는 일은 하지 말자는 거다.

내게 가장 행복한 연애는 지금 문자를 하면 그 사람이 나를 쉽게 볼까 봐 30분 꾹 참았다 문자를 보냈더니 그 사람의 답장 속도가 조금 빨라졌을 때가 아니었다.

진짜 연애의 행복은 일어나자마자든 잠들기 전이든 그가 답장하지 않아도 문득 생각났을 때 언제고 그에게 사랑한다고 표현할 수 있을 때, 그리고 그가 그 표현을 언제든 기쁘고 벅차게 받아주었을 때 느끼는 것이다. 내가 계산하지 않고 마음껏 줄 때, 그리고 그 역시 계산하지 않고 내게 마음껏 주어 서로가 얼마나 서로를 사랑하고 있는지 일일이 셈하지 않아도 될 때 우리는 진짜 연애를 할 수 있다.

그러니 당신도, 마음이 시키는 대로 해도 된다.
진짜 연애는 마음이 머리를 이겨먹을 때 비로소 시작된다.

덜 사랑하니까
헤어지는 거야

늦은 밤 한강을 끼고 달리던 차 안에서 누군가 내게 물어온 적이 있었다.

"사랑하는데 헤어지는 거, 어떻게 생각하세요?"

명백히 데이트는 아니었지만 그렇다고 아무 사이도 아닌 관계에서 나올 법한 질문은 아니었다. 나는 잠시 고민하고 대답했다.

"그건 덜 사랑하는 사람들이 말하는 핑계죠."

나는 '어떻게 생각하시는데요?' 하고 되물었고 그는 대답했다.

"말도 안 되죠."

우리는 서로 고개를 끄덕였다. 어쩌면 그 질문 때문에 나는 그가 사랑 앞에 도망가는 치사한 사람은 아닐 거라 확신했는지도 모른다.

세상에는 수많은 만남의 이유와 헤어짐의 이유가 공존한다. 드라마에서나 나올 법한 만남과 삶에서 감당하기 어려운 헤어짐도 있고, 식사처럼 일상적인 만남과 재채기처럼 간단한 헤어짐도 있다. 그리고 꽤 많은 경우에 만남의 이유가 헤어짐의 이유가 동일한 것을 목격하기도 한다. 처음엔 그의 경쾌한 웃음소리가 좋아서 만났지만 때와 장소를 가리지 못하는 웃음소리에 결국 헤어졌다는 사람도 있고, 과묵한 면이 남자다워 보여서 만났다가 과묵하다 못해 답답해서 헤어짐을 택하는 경우도 꽤 많다.

어쩌면 만남을 시작하게 만든 기대가 헤어짐을 선택하게 만드는 실망으로 대치되는 과정을 우리는 '연애'라고 부르는 건 아닐까? (이렇게 결론짓는다면 연애가 좀 시답잖아 지려나?)

연인관계를 정리하는 경우, 요즘은 더 흔하게 썸만 실컷 타다가 연애로 넘어가지 못하는 경우에 우리는 사랑을 시작 또는 유지할 수 없는 오만 가지 이유를 듣게 된다. 너무 바빠서, 마음에 여유가 없어서, 잘해줄 자신이 없어서, 내가 봐도 내가 보잘것없는 사람이라서, 내 맘을 나도 알 수 없어서 등 대부분 납득하기 어려운 이유다. 별의별 이유를 다 가져다대지만 연애를 시작 또는 유지할 수 없는 모든 이유의 뿌리는 어떤 문제가 있어서가 아니라 그 문제를 끝까지 풀어나갈 만큼의 사랑이 없어서다. 그 문제가 사회 영역인지, 수리 영역인지도 중요하지 않고, 또 그 문제의 배점이 크든 작든 상관없다. 모든 연애는 문제를 가지고 있기 마련이고 중요한 건 그 문제가 내가 가진 사랑보다 크냐 작냐의 문제니까.

이 경우와 반대로 옆에서 보고 있으면 서로 죽일 듯이 미워하고 싸우다가 결국 다시 만나는 사람들도 있다. 그들은 오만 가지 문제를 안고 있으면서도 아직 다 못 쓴 사랑이 남아서 그렇다. 크고 작은 싸움들이 곳간에 모아둔 사랑을 갉아먹다가 곳간이 비는 순간 그 사랑은 비로소 끝이 난다. 그래서 싸움의 빈도나 크기보다 중요한 건 곳간에 얼마나 많은 사랑을 쌓아두었느냐이다.

결론은 이미 정해져 있는데 억지로 포장하고 또 포장하다 보면 결국 남는 건 거추장스러운 포장지와 그 속에 초라해진 마음뿐이다. 아무리 생각해봐도 '아름다운 이별'이라는 것은 존재하지 않는 신기루인 것 같다. 사랑해서 헤어진다는 말은 그 모든 것을 감당하기엔 너를 덜 사랑하기 때문이라는 뜻에 불과하고, 세상에 내가 어쩔 수 없는 선택이란 건 없으니까 말이다.

우리는 언제나 사랑보다 더 귀하다고 여기는 어떤 것이 있기에 사랑을 포기한다.

PS. 아, 그래서 차 안에 있던 우리는 어떻게 되었냐고?

그는 내게 덜 사랑한다는 말 대신 그럴싸한 핑계를 댔고, 나는 그 핑계가 말도 안 된다고 생각했다. 거기서 우리 인연 연애라고 보기에도 좀 모자란 은 끝났다.

그렇다.

모든 관계는 덜 사랑하기 때문에 끝이 난다.

그렇다.
모든 관계는 덜 사랑하기 때문에 끝이 난다.

나는 당신에게
생필품이 아니라
사치품이 되고 싶다

내가 가지고 있는 명품 가방은 6년 전, 대학교 4학년 때 아르바이트비를 탈탈 털어 다녀온 유럽여행에서 구매한 77만 원짜리 프라다 숄더백이 전부다. 당시 나는 세상 물정도 모르는 데다가 유럽 사정은 더더욱 몰라서 겁도 없이 700만 원이라는 거금을 현금으로 환전해갔다. 남들은 캐리어를 침대에 자전거 자물쇠로 묶어두고 가방에도 자물쇠를 잠그고 다니는데 나는 캐리어에 몇 백만 원을 그냥 넣어두고 에코백 하나에 모든 짐을 때려넣고 심심하면 지갑을 흘리고 다니는 참 순진무구한 관광객이었다.

평소에 자잘한 물욕은 많은 편이지만 명품에 관심이 많은 것은 아니었다. 하지만 유럽까지 간 마당에 아울렛에서 반값이면 산다는 명품 가방 하나 사오지 않으면 아마도 20대 내내 명품 가방은 내 인생에 없겠구나 싶어 큰맘 먹고 피렌체에서 아울렛에 들렀다. 그리고 10유로짜리 25인실 닭장 같은 곳에서 자고, 1유로짜리 맛없는 요거트로 끼니를 때우며 아낀 돈으로 어디에나 멜 수 있지만 프라다 로고가 가운데 박혀 있는 반값 세일 중인 가죽 숄더백을 구매했다. 나는 그때 진짜 가죽은 차갑지 않고 조금 따뜻하다는 걸 처음 알았다. 현금박치기로 가방을 구매한 후 마음속으로 한 가지 다짐을 했다.

'절대 이 가방을 나보다 더 소중히 여기지 않으리. 비가 오면 가슴에 품지 않고 머리 위로 비를 가리리!'

가방은 도시를 옮겨 오스트리아 빈에 도착해서야 첫 개시를 할 수 있었다. 만질만질한 검정 가죽가방에 어울릴 만한 셔츠를 입고 밖을 나선 순간 갑자기 억수 같은 소나기가 내렸다. (유럽의 날씨는 정말 당장 5분 후도 알 수 없을 만큼 변화무쌍하다.) 나는 곧장 옆 마트에서 빵 하나를 구매한 후 받은 비닐백에 프라다 가방을 고이 접어놓고 온몸으로 비를 맞으며 숙소를 향해 달렸다.

그리고 속으로 계속 혼잣말을 했다.

'첫날이라 그래.'
'가방이 비싼 거라서가 아니라, 가죽이라 그런 거야.'

숙소에 도착한 후 비에 흠뻑 젖은 옷을 벗고 샤워를 한 후 그 날은 숙소에서 쉬었다. 그리고 다음 날 바로 감기에 걸려 나는 빈에서의 3일 동안 하루밖에 관광하지 못했다. 하지만 어쩌랴. 우리 몸은 금방 회복되지만 비 맞은 가죽가방은 회복이 되지 않으니 각별히 관리해주어야 한다. 게다가 그 가방이 내 평생 처음 가져본 사치품이라면 더 소중히 다루기 마련이다. 시간이 지날수록 조금씩 때가 타고 여기저기 생활 기스가 났지만 수년이 지난 지금도 나는 결혼식이 있는 날이 되면 이 가방을 든다. 그리고 앞으로 다른 좋은 가방이 생긴다 해도 비가 오는 날 머리 위로 이 가죽 가방을 드는 날은 아마 없을 것이다.

나는 겉으로 보기에 눈에 띄는 상처는 없지만 잔 기스가 아주 많은 예민한 양가죽 같은 맘을 가졌다. 그래서 무엇이든 지나간 자리에는 꼭 자국이 남는다. 한데 그런 마음을 가진 사람 치고는 조심성이 없어서 그런지 벌써 여기저기 때가 타고 크고 작은 상처가 났다.

가끔 생각한다. 내가 이렇게 관리가 필요한 예민한 마음이 아니라 아스팔트 바닥 위에 그냥 던져도 기스 하나 나지 않는 조금 더 튼튼한 마음을 타고났다면 나도 상대방도 조금은 편해졌을까? 생활 기스쯤은 티가 나지 않는 사피아노 가죽이었다면 상처가 조금 덜 눈에 띄지 않았을까? 아니면 아무 데나 두어도 괜찮은 캔버스천이었다면 내 연애가 조금 수월하지 않았을까?

우리는 흔히 사랑 앞에서 이렇게 스스로를 자책한다. '내가 ~했다면 이 연애의 결말이 달라졌을까?' 하고 말이다.

그럼에도 불구하고 나는 연인에게 있어서만큼은 생필품이 아니라 사치품이 되고 싶다. 내가 없으면 불편해서, 나의 쓸모가 그 사람에게 필요해서 있는 듯 없는 듯 존재하는 것이 아니라, 나를 얻기 위해 다른 것을 포기하고 나를 얻고 나서도 함부로 대하지 않고 고이고이 모셔두었으면 좋겠다. 나를 욕심 낼 줄 아는 사람이라면 나는 충분히, 기꺼이 그런 사람의 소유물이 되어줄 용의가 있다. 적어도 그 사람은 결코 나를 함부로 대하지 않을 테니까. 나와 함께하지 않는 날에도 가끔 꺼내어 나를 잘 소재하고, 자신의 가장 소중한 날에는 나를 자랑하듯 꺼내들 테니까 말이다.

어차피 우리 마음은 모두 재활용이다. 누군가가 험하게 쓰기도 하고, 소중히 다루기도 하면서 손때가 탄 물건이다. 그게 내가 받았던 그 사람의 마음이고, 또 내가 그에게 주었던 나의 마음이다. 이 마음이 시간이 지날수록 값진 빈티지 에디션이 될지, 그나마 분리 수거가 가능한 재활용이 될지, 그것도 아니면 일반 쓰레기로 소각될지는 아무도 모른다. 그리고 그 가치는 주고받은 마음을 얼마나 소중하게 다룰 것이냐에 달려 있다.

나는 오늘도 내 마음에 먼지를 털며 한 켠에 주의사항을 적어둔다.

CAUTION!

* 다른 마음보다 예민한 재질이니 각별한 주의가 필요합니다.
* 적어도 하루에 한 번은 들여다보세요. (그러지 못할 경우 미리 말해주면 관리가 편합니다.)
* 약속된 기다림은 잘 견디나 예기치 못한 상황에 불안을 잘 느낍니다.

* 쉬운 관리 요령 : 사랑한다는 말보다 보고 싶다는 말이 더 잘 먹힙니다. 급한 관리를 필요로 하는 상처가 났을 때는 지체없이 '만남'을 이용하세요.

가장 추한 모습으로
사랑받고 싶어요

내 연애도 암흑기가 있었다. 남의 맘은 물론이고 내 맘도 내 맘대로 되지 않고 제멋대로 널뛰어 내 눈에도 내가 참 사랑스럽지 않았던 그때, 어쩌면 사랑받지 못하는 것이 당연할 만큼 더욱더 사랑에 매달렸다. 사치스럽게 이상형 같은 걸 만들어놓을 여유도 없이 나이가 많든, 좀 못생겼든, 성격이 지랄맞던 그저 나를 사랑해주는 사람이면 사랑할 준비가 되어 있었달까. 그런데도 참 이상하게 그땐 그렇게 나를 알아봐주는 사람 한 명이 없었다.

그때 나는 사랑해달라고 말하는 것이 사랑 앞에 가장 추한 모습이라고 생각했다. 내가 봐도 사랑스럽지 않은 나를 사랑해 달라고 조르는 게 억지라고 생각했고 진심과 최선을 다했지만 결국은 나를 다 내던지지는 못했다. 그리고 단 한 번도 제대로 상대방의 마음을 물은 적이 없었다. 그땐 날 사랑하지 않는다는 확증을 받는 것이 꼭 사형선고처럼 두려웠으니까.

그때나 지금이나 상대방의 마음과 상황을 온전히 알 수 없다는 것은 언제나 나를 약자로 만들었다. 모든 상황에서 언제나 나 혼자서 추측하고 염려했다. 더 이상 답장이 오지 않는 멈춰버린 채팅창에 놓인 내 마지막 문자를 보며 이렇게 보냈으면 답장이 왔을까? 이 말은 하지 말았어야 했나? 그렇게 조사 하나, 단어 하나, 이모티콘 하나까지 쪼개어 나를 책망하기에 이르렀다. '나의 마음은 무시당했고 그럴 만하다.'라는 결론으로 귀결되기까지 걸리는 시간은 채 이틀도 되지 않았다. 그러면 내가 먼저 상대방을 쳐내기에 이르렀다. 상대방에게 제대로 해명할 시간도 주지 않고 내 멋대로 관계를 정리해버렸다. 꼭 「가족오락관」에서 시간이 되면 터지는 시한폭탄을 들고 자기 할 말만 하고 상대방에게 넘겨버리듯 조급하게 굴었다. 그 거절감이라는 폭탄이 나에게서 터지지만 않으면 살 수 있을 것 같았으니까. 지울 수만 있다면 지워버리고 싶은 그 시간을 지금 돌이켜보니 뭐가 그리도 치열했는지 모르겠다. 그때 나는 사랑받고 싶어 하는 만큼 자꾸만 추해졌던 것 같다.

연애를 하면 이상하게 나의 마음은 어렵게 결정하지만, 상대방의 마음은 쉽게 판단하여 삶의 문맥을 오독하기 마련이다. 연애의 속성은 참으로 간사하다. 언제나 더 잘하고 싶을 때 더 실수를 하게 되고, 더 사랑받고 싶을 때 내게 있는 가장 덜 사랑스러운 모습이 발현된다. 아니 어쩌면 우리는 본능적으로 진정한 사랑을 받기 위해서는 내 가장 추한 모습을 비춰야 한다는 사실을 알고 있는지도 모른다. 「개구리 공주의 이야기」처럼, 「미녀와 야수」처럼 말이다. 뭐 꼭 동화 속에만 존재하는 이야기는 아니다. 만약 내 가장 나약한 모습조차 사랑할 수 있는 사람이라면, 그 정도의 사랑이라면 나 역시 기꺼이 그를 사랑할 만하니까. 그래서 나도 모르게 가장 못난 모습을 하고 사랑을 갈구하게 되는 것이라 생각하면 꽤 설득력 있는 이론이다. 사랑이란 게 세상을 구원하는 정도라면 내가 가진 추하고 못난 모습쯤은 가장 사랑스럽게 만들어 줘야 하지 않겠는가. (나는 가끔 사랑의 힘을 지나치게 맹신하는 경향이 있다.)

지금와 생각해보니 왜 아무도 나를 사랑해주지 않냐며 떼를 썼던 그때의 나는 언제나 나보다 조금 부족한 사람을 찾아 헤맸던 것 같다. 사랑은 등가교환이 아닌데, 나는 내가 더 큰 걸 가지고 있으면 이 게임에서 이기는 줄 알았다. 하지만 그러면 그럴수록 거절감이 쌓여가고 자존감은 낮아졌다. 나는 상대방이 어떠해도 사랑할 준비가 되어 있었지만, 나는 사랑받을 만한 자격요

건을 갖추어야만 사랑받을 수 있다는 모순된 마음과 생각이 나를 괴롭혔다.

사실 지금도 이 못된 버릇을 완전히 버리지는 못한 것 같다. 나는 여전히 신데렐라 이야기보다 평강공주와 바보온달 이야기가 더 현실적이라고 생각한다. 나보다 한참 잘난 사람이 아무런 조건 없이 나를 사랑해주는 신데렐라의 사랑 이야기는 내겐 여전히 먼 동화 속 이야기일 뿐이다. 받는 사랑보다 주는 사랑이 더 편하고, 연애를 갱생 프로젝트쯤으로 생각하고 상대방 좋은 일만 시켜주고는 '넌 참 좋은 여자야' 하는 말로 위안을 얻는 것도 여전하다. 하지만 언젠가 정말 세상을 구원할 만큼 대단하다는 그 사랑이 내게도 온다면, 내가 아무리 모자라고 못나도 더 큰 사랑으로 덮어줄 백마 탄 왕자님이 나타난다면 그때야 비로소 진정한 사랑의 힘을 깨달을지도 모르겠다.

우리는 가끔
아무 문제가 없어서 헤어진다

연애에 있어 가장 묻기 쉽지만 대답하기 어려운 질문이 있다면 바로 '나의 감정'에 대한 것이다. 벌어진 상황에 대한 객관적인 판단이나 상대방의 의중을 합리적으로 의심해보는 것은 감성과 이성이 서로 도와가면서 이루어진다면, 나의 감정을 판단하는 것은 오로지 나에게만 의지해야 하기 때문이다. 그래서 그 사람을 떠올렸을 때 드는 감정은 내 마음의 좌표를 찾는 데 아주 중요한 단서가 된다.

하지만 이건 단순히 호불호를 가리는 문제와는 별개로 작동되는데 연애를 시작할 때는 '불호'에 해당하는 감정이 촉매제가 되기도 하고, 연애를 끝낼 때는 '호'에 해당하는 감정 때문에 오히려 연애를 끝내기도 한다. 쉽게 드라마나 영화에서도 지독히 서로를 미워하는 앙숙 같은 사이에서 연애가 발현되는 것을 자주 목격하지 않는가. 물론 현실에서도 마찬가지로 미우나 고우나 그 사람이 신경 쓰인다는 건 뭐 그렇고 그런 의미가 된다.

반대로 연애를 끝낼 때 우리는 죽일 듯이 미워하며 끝내는 관계만큼이나 흔하게 '아무 문제가 없어서' 헤어지기도 한다. 아무 문제가 없다는 건 갈등이 없다는 것이고, 갈등이 없다는 건 그만큼 서로에게 바라는 것이 없다는 의미로 치환된다. 그래서 대부분의 관계에서 갈등이 없다는 건 좋은 의미이지만 연애에서만큼은 다르다. 연애라는 관계에서 권태만큼 무서운 것이 없기 때문에 그렇다.

다행인지 불행인지 나는 단 한 번도 권태감을 맛본 적이 없는 조금 특이한 부류의 인간이다. (그래서 권태기에 대한 이 글은 나의 연애에는 해당하지 않는다.) 삶 역시 권태를 느낄 새도 없이 굴곡지게 흘러왔고, 그 삶을 따라 흐르는 연애도 각기 다른 종류의 갈등을 빚으며 나를 잠시도 가만두지 않았다. 나는 언제나 아무 이유가 없어서 헤어지기보다는 무슨 이유에서든 헤어짐을 선택할 수밖에 없는 궁지에 몰렸다. 아, 오래 숙성된 연애가 내는 익숙하고도 묵직한 그 맛을 언제쯤 맛보아 알 수 있을까. 권태기를 겪는 게 소원인 한 연애지상주의자의 바람은 아무나 이해하지는 못할 것이다.

권태에 대해 곱씹다 보니 '사랑한다.'의 반대말이 '사랑하지 않는다.'가 아니라 '사랑했다.'인 이유를 알 것도 같다. 애정과 증오가 동전의 양면 같은 성질이라 쉽게 구별이 가지 않아 '애증'이라는 단어가 생겨난 반면, 애정과 권태는 서로 대척점에 있다. 권태를 이겨내고 다시 애정 관계로 들어가는 것은 그만큼 길고 어두운 길이라는 뜻이다. 항상 곁에 있는 것들의 소중함을 잊어버리지 않고서도 알 수 있는 인간은 없다.

곧 숨이 넘어갈 듯이 숨이 막혀본 적이 없는 사람이 공기의 소중함을 알 수 없고, 목이 찢어지는 것 같은 갈증을 겪어보지 못한 사람이 물의 소중함을 알 리가 없듯, 매일 한결같이 내 곁에 있는 사람의 소중함을 아는 것은 결코 쉬운 일이 아니다. 우리가 감사를 모르는 후안무치여서가 아니라 우리의 뇌는 변하지 않는 것에는 자극을 받지 않도록 설계되어 있기 때문이다. 그렇기 때문에 권태기는 누군가의 잘못 때문이 아니라 서로 달리 찾아오는 시기의 문제이며, 그 역시 사랑의 크기보다는 각각의 객체들이 얼마나 더 자극에 예민하고 둔감하냐의 차이에 불과하다. 그래서 애석하게도 권태기를 맞이하지 않는 연애는 권태기를 맞이하기 전에 헤어지는 경우 딱 한 가지뿐이다. 그러니까 우리는 연애하는 한 언젠가 한 번쯤 필연적으로 권태기를 맞이할 수밖에 없고, 이겨내지 못하면 결국엔 헤어질 수밖에 없다는 거다.

무슨 문제가 있어서 헤어지거나 혹은 아무 문제가 없어서 헤어지거나. 연애의 결말은 결국 이렇다.

PS. '아, 그러면 권태기를 어떻게 이겨낼 수 있나요?'라고 질문할 수 있는데, 앞서 말했듯이 나는 권태기를 겪어본 적이 없는 인간이므로 이 질문에 해답은 나도 잘 모른다. 이건 책임감이 없어서가 아니라 겪어보지 않고는 섣불리 얘기하지 않는 신중한 성격이라 그렇다. 훗날 내가 일상처럼 지겨운 연애에 도달하게 되었을 때 기쁨으로 권태를 충분히 맛본 후 알려주는 거로 하자.

상처를 냈으니
치료비는 물어주고 가

상처받는 건 정말 아프다. 혼자 길을 걸어가다 돌부리에 걸려 넘어지는 것보다 누군가 뒤에서 밀어서 넘어지는 게 더 아프다. 혼자 걸어가다 넘어지면 쪽팔려서 아픈 것도 잊어버리지만 누군가 밀어서 넘어지면 원망할 구석이 있어 더 서럽게 울게 된다. 마음에 난 상처도 그렇다. 혼자 아픈 건 나도 모르게 외면하고 숨기게 되어 곪기 쉽고, 남이 낸 상처는 아무리 작은 상처라도 더 드러내고 위로받고 싶기 마련이다.

그래서일까, 나는 티 내지 못하는 짝사랑은 유난히 길고, 맘껏 티 낼 수 있는 연애는 비교적 짧은 편이다.

시간이 지날수록 연애가 짧아진 이유를 곱씹어보니 내가 달라져서 그렇다. 예전엔 누군가 마음에 상처를 내도 따져 묻지 못했다. 시간이 지나면 아물겠지, 그 사람도 일부러 그런 건 아닐 거야, 괜히 마음에 짐을 주지 말자, 오히려 그 사람도 상처받을지 모르잖아. 이런저런 말들도 상처를 방치해두었고 곪아버린 상처는 지워지지 않는 흉터를 남기기도 했다. 그 흉터들은 다음 연애를 시작하지 못하는 트라우마가 되거나, 어렵게 시작한 연애에 걸림돌이 되기 일쑤였다. 그렇다고 이미 끝나버린 연애에 이제 와 책임을 물을 수도 없는 노릇이었다. 나는 나보다 그 관계를, 상대방을, 우리가 보낸 시간을 더 소중히 여겼던 탓에 연애가 끝난 후 뒤따라 오는 모든 것을 혼자서 책임져야만 했다.

나이가 들고 세상을 알고 내 이름 앞으로 된 보험료도 꼬박꼬박 납부하는 어른이 되었다. 그리고 세상을 살아가는 방법을 하나 배웠는데, 상처를 낸 사람에게는 치료를 요구해도 된다는 것이다. 그것이 몸에 난 상처이든, 마음에 난 상처이든 말이다. 그리고 이것은 상처가 곪지 않도록, 그래서 흉터를 남기지 않도록 하는 가장 좋은 방법이었다. 그 뒤로 나는 가벼운 찰과상 정도는 자연 치유가 되게 놔두지만, 치료가 필요한 상처는 그냥 두어 곪게 만들지 않는다. 상처보다 흉터가 더 오래간다는 걸 시간이 알려주었기 때문이다.

예전엔 내가 아플 때 걱정하지 않는 그에게 서운해하지도 못했던 내가 이제는 아플 때 달려오지 않는다며 헤어짐을 따져 물을 수 있게 되었고, 사랑이라는 이름으로 말도 안 되는 요구를 하면 어떻게든 들어주려고 했던 내가 이제는 사랑이란 이름으로 행해지는 무언의 폭력을 참지 않게 되었다. 나를 사랑하지 않는 것 같은 눈빛을 외면했던 내가 나를 사랑하지 않는다면 먼저 떠나겠다는 선전포고를 하게 되었다. 그래도 사랑하니까 괜찮다고 스스로 위로했던 내가 연애에 있어 최소한의 예의를 요구하게 되었다.

그렇다. 어른이 되어갈수록 내 연애가 짧아진 건, 연애라는 이름으로 나를 함부로 상처 낸 사람들을 더 이상 용납하지 않았기 때문이지 내가 가벼워서도, 연애가 쉬워져서도 아니다. 이 연애가 끝날 것이 두렵고, 다시 혼자가 되어 맞이할 외로움이 버거워서 상처를 모른 척하고 잘못을 묵인했던 바보짓을 그만두었기 때문이다. 의미 없는 기념일 늘리기를 청산하고, 더 상처받기 전에, 흉이 남기 전에 소독하고 밴드를 붙였기 때문이다. 그래. 내 연애가 일찌감치 종결을 맞이한 것은 자기가 상처를 내는 줄도 몰랐던 머저리 같은 그들의 탓이고, 자기가 낸 상처인 걸 알면서도 모른 체한 못돼먹은 그들의 탓이며, 조금 예민하고 잘 얹히는 나의 잔병치레를 받아줄 여유조차 없이 연애를 시작한 그들이 문제다. (그리고 이렇게 빈틈없는 자기합리화 역시 마음에 상처를 흉터로 남기고 싶지 않아 터득한 나만의 방법 중 하나다.)

나에겐 나를 파괴할 권리도 있지만, 나를 보호할 의무도 있다는 것. 그러니 우리는 언제나 상처 낸 사람에게 치료비를 요구해도 된다. 과실에 따라 쌍방과실일 수도 있고 나의 책임이 어느 정도 있을 수도 있지만 그냥 덮어두지만 않는다면 상처는 분명 흉으로 남지 않을 것이다.

연애에 있어서 우리가 잊지 말아야 할 것은 연애는 언제나 행복의 크기만큼 불행을 달고 온다는 것과 그 무엇으로부터든, 그게 사랑이라 할지라도 나를 지키는 것은 나의 가장 큰 의무라는 사실이다.

나에게 상처 주는 사람을 감히 용납하지 않는 것, 그것도 용기다.

PS. 그리고 또 하나. 실비보험은 무조건 들어야 한다. 이왕이면 소멸성으로.

나에겐 나를 파괴할 권리도 있지만,
나를 보호할 의무도 있다는 것.
그러니 우리는 언제나 상처 낸 사람에게
치료비를 요구해도 된다.

언제나 당신보다
나를 더 사랑하기를

서프라이즈는 연인 사이에 꽤나 정형화되어 있는 작은 이벤트다. 못 온다고 하고서 갑자기 나타나는 것, 기념일에 준비하지 못했다고 말하곤 꺼내는 선물 따위를 우리는 서프라이즈라고 말한다. 상대방에게 예기치 못한 기쁨을 주는 것, 이것이 연인 사이의 서프라이즈의 사전적 정의다. 서프라이즈를 잘하면 대개 로맨틱한 사람으로 통하고 나 역시 일부 동의한다. 아무 날도 아닌데 지나가는 길에 생각났다며 건네는 선물이 사랑스럽지 않을 리 없고, 오늘 만날 예정이 아니었는데 집 앞에서 기다리고 있는 그를 본다면 달려가 안기지 않을 자신이 없다.

그렇다. 분명 서프라이즈는 평범한 일상 속에 기분 좋은 이벤트이고, 연인 사이를 더욱 돈독하게 만들어주는 접착제이며, 연애에 있어 보편타당하게 긍정적인 영향을 끼치는 일임에 틀림이 없다.

하지만 연인에게 서프라이즈로 찾아가는 행위의 더욱 깊숙한 마음속으로 들어가보면 핑크빛이던 그 색이 조금은 달라진다. 엄밀히 말해 상대방의 일상에 갑자기 끼어드는 서프라이즈는 사랑의 표현이기 이전에 자기애의 표현이자 상대방이 준 믿어 의심치 않는 사랑에 대한 답례이다.

왜냐하면 내가 갑자기 찾아가도, 그러니까 상대방이 어떤 상황이든 나를 환영해줄 거라는 믿음이 없다면 그 어떤 사람도 그의 집 앞에 무작정 찾아가는 행동을 할 수 없기 때문이다. 나 자체가 선물이 될 거라는 높고 넓고 깊은 자기애가 없다면 어찌 약속도 없이 그가 기뻐할 것이라는 부푼 기대감을 안고 그의 집 앞에 갈 수 있겠는가? 분명 서프라이즈는 자기애가 강한 사람이 하는 애정표현 중 하나다.

내가 이렇게 확신을 가지고 말할 수 있는 이유는 지금 사랑하는 그 사람에게 무작정 찾아가지 못하는 내 모습을 발견했기 때문이다. 그를 사랑하지 않아서 달려가지 않는 것이 아니라 상대방이 어떠한 상황에서도 나를 반겨줄 것이라는 확신이 부족한 것이 내 발목을 잡는다는 불편한 진실을 코앞에서 마주해버렸기 때문이다. 동어 반복을 하자면 나는 연애에 있어서만큼은 자기애가 큰 편이 절대 아니다.

내 사랑에 대한 결론은 언제나 똑같다. 상대방이 불편해하지 않을 정도의 관심과 거리, 내 사랑은 언제나 기쁨이 되어야 한다는 강박, 상대방의 취향과 스케줄에 맞춰주는 것도 사랑의 표현이라는 자기합리화의 삼중주가 비좁은 내 사랑이 만들어내는 불협화음이다. 좀 더 배짱 있게, 좀 더 과감하게, 좀 더 거침없이 사랑하고 싶지만 아무리 노력해도, 아니 노력할수록 쉽지 않다. 노력하지 않는 것에 노력하는 내 자신을 발견하는 것부터가 고욕이다. 언제부턴가 사랑이 언제나 수고롭고 고통과 노력이 수반되는 일이 되어버린 나는 오늘도 순례자의 길을 걷듯 연애라는 가시밭길을 걸을 뿐이다.

고해성사처럼 들릴지 모르겠지만 이 책이 '연애 지침서'가 아니라는 것을 이쯤에서 명심해두길 바란다. 이 책은 세상에서 연애가 제일 어려운 한 연애지상주의자의 일기장이다. 다만 자물쇠가 잠긴 서랍이 아니라 서점 가판대에 올라와 있을 뿐.

이 일기장을 훔쳐보는 김에 한마디 하자면 나는 비록 여전히 나를 향한 사랑이 한 끗 모자라지만 이 글을 읽는 당신은 언제나 그 사람보다 당신을 더 사랑했으면 좋겠다. 마음껏 그의 집 앞에 찾아가 '내가 오니까 좋지?'하고 팔짱을 끼고 으스댈 수 있었으면 좋겠고, 기념일을 깜빡한 날 '짠! 내가 선물이야.' 하고 꽃받침을 하고 그 위기를 모면했으면 좋겠다. 당신이 그랬으면 좋겠고, 당신을 만나는 모든 당신이 그렇게 좋은 사람들이었으면 좋겠다.

언제나 당신보다 나를 더 사랑하기를, 모두가 서로보다 자신을 더 사랑하기를.
자신을 향한 단단한 사랑 위에 서로를 향한 사랑이라는 씨앗을 심고 무럭무럭 키워가기를.

속물근성:
아낌없이 주는 나무는
동화 속에만 존재한다

연애에 있어 어떤 것이 적절한지, 보편적으로 사람들이 어떤 기준을 가지고 연애를 하고 있는지 묻는 것은 그야말로 비합리적인 것이다. 연애를 좀 더 합리적으로, 효율적으로 하려는 노력이 둘의 관계를 더욱 견고하게 하는 걸 목격한 적은 별로 없다. 연애란 원래 세상에 존재하는 사람들이 만나는 경우의 수만큼 존재하는 것이라 대부분 '보편성'에 의해 재단된 연애는 비극을 맞이하기 쉽다.

그래서 연애가 속물근성에 지배당하는 건 무엇보다 서글픈 일이다. 어쩌면 알랭 드 보통의 『불안』에서 시인하듯 우리가 어떤 내적인 평안함을 찾지 못하고 두려운 나머지 연애에서조차 실용과 득실을 따지고 손해 보는 것을 극도로 꺼리게 된 것일지도 모른다. 우리가 끊임없이 갈망하는 무조건적인 사랑은 이미 부모에게서조차 당연하게 받기 어려운 것이 되어버렸기 때문이다. 하물며 스쳐지나갈지도 모르는 사람에게 무조건적인 사랑을 기대하는 것은 판타지지.

그럼에도 불구하고 연인 사이에 더치페이의 비율이 얼마가 적당한가, 세계적으로 남자가 데이트 비용을 더 많이 지불하는 것이 보편적인 것인가 아닌가 하는 문제가 공공연하게 논의된다는 것 자체가 가끔은 무의미해 보인다. 그런 것을 계산하면서까지 연애를 이어가는 건 좀 불필요하지 않나 싶기도 하고 그러기엔 연애하는 사이에 해야 하는 일이 너무 많기 때문에 너무 시간낭비가 아닌가 하는 생각도 든다. 연애가 무슨 비즈니스도 아니고, 인맥 관리도 아니고.

그런데 정말 서글픈 사실은 연애에 끼어든 속물근성에 나 역시 결코 자유롭지 못하다는 것, 그리고 그 누구도 예외일 수 없다는 사실이다. 함께 먹는 음식의 종류가 마음의 종류가 되고, 선물의 가격이 마음 값이 되는 자본주의적 연애는 우리를 기필코 속물로 만들고야 만다. 속상하지만 어쩌면 지극히 당연하다.

돈이 없으면 아무것도 할 수 없다는 자본주의의 대전제 아래 연애라는 관계에서만큼은 예외가 되어야 한다는 법도 없으니까. 마음으로 하는 일에도 최소한의 물질은 필요한 시대를 살아가면서 연애를 하는 우리 모두는 속물이라는 사실을 인정하는 것이 속 편한 일일지도 모르겠다.

아낌없이 주는 나무는 동화 속에만 존재하는 것 같다. 그리고 그런 사람을 바라는 마음도 결국 속물근성이 아닐까 하는 생각에 다시 시무룩해진다. 나 역시 누군가에게 아낌없이 주는 나무가 되고 싶지만 그러다 결국 밑동만 남겨놓고 잘려질 걸 생각하면 마냥 주기만 하는 사랑이 미련해 보이는 것은 어쩔 수 없는 사실이니까. 서로에게 아낌없이 주는 나무가 되면 더할 나위 없이 좋겠지만 누군가는 끊임없이 주고, 누군가는 끊임없이 받기만 한다면 그건 분명 밑 빠진 독의 물 붓기처럼 지치는 일이 될 것이 뻔하다. 그런 연애에서 언젠가 고마움이 퇴색되고, 희생이 버거워지는 건 해보지 않아도 너무도 명확하다. 아무렴 나조차도 10번의 데이트에서 내가 9번을 사고 상대가 1번만 사면 왠지 조금 손해 본 느낌을 지울 수 없을 테니까. 게다가 경제적 손해와 더불어 마음조차 내가 더 많이 쓰고 있다는 비경제적 손해까지 더해지면 그 데미지는 생각보다 크다.

나는 가끔 이렇게 눈이 뻐근할 만큼 선명하게 드러난 연애의 단면을 보고 있으면 마음 한구석이 답답해진다. 연애지상주의자로 살아가는 삶이 녹록지 않을 거라는 걸 두 눈으로 목격하는 기분이라 그렇다.

하지만 그럼에도 불구하고,

우리가 어쩔 수 없는 속물임에도 불구하고,

씻어버릴 수 없는 본성 안에 속물근성이 포함되어 있음에도 불구하고.

나는 세상에 여전히 돈으로 살 수 없는 가치들이 존재하고, 연애에는 그 가치들이 꽤 많이 포함되어 있다고 믿는다. 가끔은 그가 건넨 선물로 마음의 크기를 가늠하기도 하겠지만, 또 언젠가는 생각보다 많이 나온 밥값에 마음이 덜컹하는 날도 있겠지만, 커피값보다는 함께하는 시간을 귀하게 여기는 마음을 잃지 않기를, 비싼 KTX 차비보다는 달려가는 그 마음을 받을 줄 아는 우리가 되기를 바랄 뿐이다.

돈으로 결코 살 수 없는 시간을,

돈으로 결코 보상받을 수 없는 마음을,

적어도 돈보다는 가볍게 여기지 말았으면 좋겠다.

어른스러운 사람

영원히 끝나지 않을 것처럼 퍼붓던 장마도 언제나 그랬듯이 끝났다. 꿉꿉한 마음에 어서 선선한 바람이 불기를 바라는 늦여름마냥, 밖은 겨울이었지만 마음의 계절은 그랬다.

이번에도 언제나 그렇듯이 단호하게 이별을 맞이했지만 왠지 마음이 명쾌하지는 않았다. 헤어져야 한다는 사실은 명확했지만 대체 우리가 왜 헤어지는지에 대한 답이 여전히 의문스러웠기 때문이었다.

표면적인 이유는 내가 너무 어른스러운 탓에 그가 공연히 부렸던 심술이 화근이었다. 맘에도 없는 행동이 맘 같지 않은 결과를 만든 것이다. 그렇다고 해서 다시 헤어짐을 무를 것도 아니었다. 내 입 밖으로 헤어지자는 말이 나온 순간 단 한 번도 그 결과를 뒤집어본 적이 없는 나였으니까. 필연적으로 맞이하는 모든 이별 앞에 이토록 단호해지는 것은 그만큼 고민이 길었다는 것과 함께 내가 어른스러운 사람임을 마지막까지 증명해 보이는 과정이었다.

그도 그럴 것이 20살의 남자를 만날 때처럼 30살의 남자를 만날 때에도 나는 상대방보다 항상 더 어른스러운 사람이었다. 상대가 연하일 때도, 연상일 때도 그랬다. 젖살이 빠지고 나잇살이 늘고, 생일을 요란하게 보내지 않고 건강이 최고라는 걸 몸소 느끼며 앞자리가 바뀌는 동안 내 마음의 세월은 대체 몇 년이나 흘러간 것일까.

모두 나이 먹는 걸 달가워하지 않지만 어른스럽다는 말은 곧잘 칭찬으로 받아들인다. 얼굴은 어려 보이고, 마음은 어른스러워 보이는 것. 그렇게 몸의 나이와 마음의 나이가 반대로 흘러가는 것이 흔한 이들의 욕망이다. 하지만 나는 그와 반대로 빨리 늙고 싶었다.

일찍이 사회생활을 시작해 어린 나이와 그보다 더 어려 보이는 얼굴 때문에 평가절하되는 일이 많았기 때문이다. '어리니까'

용서되는 일은 드물었지만 '어려서' 주어지는 페널티는 수없이 많았다. (어쩌면 내가 어린 여자이기 때문에 겪은 불이익일지도 모르겠다.) 연애에서도 마찬가지였다. 나는 어른스러운 사람이어서 이해하지 못할 것 같은 일을 이해하고, 화낼 법한 일을 눈감아주고, 상대의 허물을 탓하지 않으며, 끝내 도래한 이별에 초연한 사람이 되었다.

슬퍼하지 않는 사람이 아니라 슬픔을 삭히는 사람, 상처받지 않는 사람이 아니라 상처를 티 내지 않는 사람. 그래서 마음 곳곳에 딱지가 앉아버린 사람. 그게 사랑 앞에 어른스러운 사람의 모습이다.

나는 결단코 그런 사람이 되고 싶지 않았다. 나도 어리광부리고, 기대고, 위로받고 싶었다. 어쩌면 솔직한 사람이 되고 싶었는지도 모른다. 나는 생각보다 연약하고 어른스럽지 못한 사람이라는 걸 누군가는 알아주었음 했으니까.

한 번쯤 육신의 나이야 어쨌든 나보다 어른스러운 사람을 만난다면 나는 꼭 사소한 일에 투정을 부리고, 이해해달라고 자주 보챌 것이다. 서운함을 혼자 삭히지 않고 날것 그대로 드러내며 나를 달래달라고, 그 사람 앞에서만큼은 마음껏 어린아이가 되어 심술을 부릴 것이다. 가지고 싶은 것을 사달라고 조르고, 보고 싶은 날이면 그의 사정을 고려하지 않고 떼를 쓸 것이다. 슬픔을 삭히지 않고 상처를 티 내며 필요 이상으로 단단해져버린 마음이 맘껏 속상했으면 싶다.

해가 바뀌고 법적으로 보나 사회 지위로 보나 어른이 되었는데도 나는 여전히 '어른스러운' 사람이다. 어른이 아니라 어른스러운 사람. 나는 왠지 40대가 되어도, 50대가 되어도 사랑했던 사람에게 '넌 참 어른스러운 사람이야.'라는 말을 들을 것 같다.

어른스러운 사람이라는 말은 꼭 내가 아직 어른이 아니라는 말처럼 들리기도 한다. 그럼 나는 언제쯤 마음의 나이와 몸의 나이가 맞아떨어지게 될까? 혹시 그때가 되면 나는 어른스러운 사람이 아니라 진짜 어른이 될 수 있을까?

슬퍼하지 않는 사람이 아니라
슬픔을 삭히는 사람,
상처받지 않는 사람이 아니라
상처를 티 내지 않는 사람.
그래서 마음 곳곳에 딱지가 앉아버린 사람.
그게 사랑 앞에 어른스러운 사람의 모습이다.

Chapter 04

연애
지상주의자의
변辯

사
랑은 언제나 그렇다.

확고한 자기 연애관을 가지고 시작했다가 언제나 상대방의 연애관에 지고 마는 나약한 싸움이다.

지는 게 이기는 것이라는 말을 이해하는 날이 오고 그가 하는 어설픈 변명을 그냥 한 번 눈감아주는 것. 점심으로 먹은 음식을 저녁에도 함께 먹을 수 있고, 한 번도 가본 적 없던 낯선 곳이 그가 있다는 이유만으로 집처럼 편한 곳이 되는 마법 같은 일이기도 하다. 입꼬리가 시원하게 올라가는 사람이 이상형이었지만 지금은 그처럼 나지막이 웃는 사람이 좋아지는. 재미있는 사람이 이상형이었지만 아무도 웃지 않는 그의 이야기에 나 혼자 웃고 있다면 그건 두말할 것도 없이 사랑이다.

사랑은 원래 그렇다.

'이런 것쯤은 갖춰야지.'라고 여겼던 모든 기준이 그로 인해 재조립되고 살짝 고쳐져 결국 그에게 맞춰지는 아주 융통성 있는 행위다.

그러니 사랑을 동반하는 연애라면 당연히 사랑을 닮아 그렇게 생겨먹은 게 옳다. 당신이 하는 연애가 진짜 사랑이라면, 당신이 지고 있을 때 이기고 있는 것이고, 원래 당신의 이상형은 그였으며, 그는 원래 세상에서 가장 재미있는 사람이다. 그러니 연애할 때 변해가는 자신을 마음껏 즐기자. 취침시간이 늦어지고, 음악 취향이 변해가고, 평소 잘 먹지 않던 음식을 즐기는 나도 충분히 사랑하자.

그건 당신의 연애가 살아 있다는 뜻이고, 당신이 열심히 사랑하고 있다는 증거니까.

오늘을 낭비하기
가장 좋은 방법

Papillon asked what crime it was.
빠삐용은 무슨 죄냐고 물었다.
He replied, "The crime of a wasted life."
그는 "인생을 낭비한 죄"라고 대꾸했다.
Papillon wept, "Guilty, guilty."
빠삐용은 흐느꼈다. "유죄다, 유죄."
The judge pronounced the sentence of death.
판사는 사형선고를 내렸다.

-영화 「빠삐용」 중에서

우리는 인생을 낭비하는 것을 경계한다. 허튼 데 시간을 쓰게 될까 봐 간혹 조마조마하며, 이 일을 포기했을 때의 기회비용을 따지고 또 얻어지는 가치를 매기는 데에 더 많은 시간을 할애한다. 그렇게 손에 쥐어지는 것들을 보며 조금의 안도감을 느끼고, 또 더 많이 가진 사람들을 보며 초라한 자신을 마주하기도 한다.

낭비의 반대말은 절약이고 절제다. 그래서 우리는 인생을 낭비하지 않기 위해, 시간을 헛되이 쓰지 않기 위해 시간을 절약하고 욕구와 욕망은 절제한다. 뭐, 사전적 의미로는 맞는 이야기일지 모른다. 하지만 그렇게 절약하고 절제하면서 얻어진 그 시간을 정작 어디에 쓰고 있는지 가끔 의문이 든다.

살다 보면 아주 우스운 것이 있다. 좀 더 행복하게 살기 위해, 나를 위해 시간을 쓰겠다는 명목으로 시간을 절약하는데, 오히려 시간을 절약하기 위해 행복을 멀리하고 나를 포기하는 아이러니한 현실 말이다. 그래서 가끔은 진짜 행복을 위해서는 인생을 좀 낭비해야 하는 게 아닌가 하는 생각이 들기도 한다.

그렇게 친다면 '연애'는 인생을 낭비하기 가장 좋은 방법 중 하나다.

뭘 하든 하루 종일 한 사람만 주야장천 생각이 나고, 그 사람과는 했던 이야기를 또 해도 좋고, 봤던 영화를 또 봐도 좋은 것이 연애이기 때문이다. 하루 종일 방에서 뒹굴거리는 게 혼자라면 조금 잉여롭게 느껴지겠지만 사랑하는 연인과 함께라면 그보다 더 행복한 시간은 없을 것이다.

나는 연애에 있어서만큼은 낭비벽이 있는 사람인지라 가끔 연애를 하지 않고 흘러가는 모든 날이 헛되이 느껴질 때도 있다. 내 청춘을, 이 젊음과 열정을 그 누구와도 나누지 않고 지나쳐버리는 것이 그렇게 아까울 수가 없다. 그렇다고 게으른 사람도 아닌지라 그 시간에 남들이 이야기하는 자기계발이나 다른 일을 하지 않는 것도 아닌데 말이다.

우주히피의 「오늘을 낭비해요」라는 곡이 있다.

오늘만은 더 다정하게
더 따듯하게 말해줘요, 내 맘을 안아줘요.
오랜만에 생각은 말고
최선을 다해 우리 둘이 오늘을 낭비해요.

–「오늘을 낭비해요」 가사 중에서

나는 이 가사가 참 좋다. 최선을 다해, 우리 둘이, 어제도 내일도 아닌 오늘을 낭비하자는 가사가 우리가 어떻게 연애를 해야 하는지를 아주 잘 표현해주고 있는 것 같아 절로 고개가 끄덕여진다.

만약 인생을 낭비한 것이 죄라면 연애를 할 때마다 내 형량은 조금 늘어나겠지만 살면서 어떻게 죄 한 번 안 짓고 살 수 있겠는가. 나는 신호등도 잘 지키고, 길 가다 침을 뱉지도 않고, 사람을 때린 적도 없으니까 그 정도 죄는 좀 짓고 살련다.

연애의 기호학

나는 아주 촌스러운 사람이라 꺼지지 않는 도시의 불빛을 흠모했다. 슈퍼마켓에 가려면 강을 하나 건너야 하는 두메에서 유년 시절을 보낸 내게 현관문만 열면 24시간 열려 있는 편의점이 있는 도시는 별천지였고, 멈추지 않는 회전목마가 있는 놀이동산이나 다름없었다. 대학을 간다는 것보다 시골을 떠나 도시에 산다는 것이 나의 스무 살을 더욱 기대하게 했고, 꺼지지 않는 불빛 때문인지, 여전히 도시가 주는 설렘 때문인지 모르겠지만 삼척을 떠난 이후 10년째 불면증을 안고 산다.

대학교에 다닐 때 나는 '영상문화학'을 전공했는데 당시 들은 수업은 국·영·수보다 적어도 백 배쯤은 흥미롭고 재미있었다. 다들 점수 맞춰서 대학교를 고를 때 나는 관심이 가는 신설된 과 홈페이지에 들어가 1학년부터 4학년까지 배우는 커리큘럼을 꼼꼼히 살펴보고서 입학 지원서를 냈기에 그랬던 걸까? 아무튼 확실한 건 수학을 배우지 않아도 돼서 날아갈 듯이 좋았다. 월요일 수업에서는 나를 비유하는 사물을 찾아 발표하고, 화요일 수업에서는 애니메이션을 보고 캐릭터 분석을 한다. 어떤 수업에서는 누드모델과 1미터 거리에서 크로키 데생을 하고, 또 어떤 수업에서는 2시간 내내 게임을 하고 그 게임이 얼마나, 어떤 점이 재미있었는지 평가한다. 그리고 금요일 밤에 강의실에 모여 8시간 동안 밤새 고대 연극을 본다. (1시간 넘게 보는 학생이 손에 꼽을 정도였지만.)

생각해보면 요즘 시대에 영상과 문화를 빼놓고 남는 것이 무엇이 있겠는가. 내가 눈으로 볼 수 있는 모든 것을 배우면서 그만큼 삶에 예민한 태도를 가지게 되었고, 수업과 삶은 같은 맥락 속에 존재했으며, 내가 삶을 잘 살아낸다는 것은 수업에 잘 임한다는 것을 의미했다. (그런 면에서 나는 꽤 우등생이었다.)

게다가 대학교 전공 수업 시간에 배우는 것들은 사람들에게 익숙한 듯하지만 낯선 것들이다 보니 언제 어디서든 배운 티를 낼 수 있는 지식들도 많아 나의 지적 허영을 채우기에도 충분했다. 마치 놀이처럼, 게임처럼 퀘스트를 깨면서 지적 허영력이 만렙이 되어가는 기분이랄까? 하하. 전공에 관해 설명할 때 조금 복잡한 과정을 걸쳐야 하기는 했지만 나는 지금껏 내가 선택한 전공 덕분에 내 삶이 조금 더 진보했다는 사실에 이견이 없다.

대학교 3학년 때는 영상기호학이라는 수업을 들었다. 와, 기호학이라니. 뭔가 멋지잖아! 이 수업은 제목부터 생경하여 내 호기심을 자극하기에 충분했다. 수업 첫날 척추를 곧추세우고 과연 교수님 입에서 어떤 이야기를 듣게 될까 반짝반짝한 눈빛으로 바라보고 있었다. 그날 교수님께서 말씀하신 그 첫 문장을 나는 아직도 잊을 수가 없다. (사실 교수님께는 죄송하지만 이 문장 외에는 수업 내용의 많은 것이 잘 기억나지 않는다.)

"사랑을 하면 모두 기호학자가 된다."

나의 지적 허영과 사랑에 대한 목마름을 단번에 채워버리는 바로 그 말. 나는 이 한 문장에 완전히 매료되었다. 아마 확신하건대 나만큼 그 시간에 '기호학'에 대해 잘 이해한 학생은 없었을 것이다. 그리고 나만큼 사랑에 관심이 많은 듯 보이는 교수님은 이어서 사랑에 빗댄 기호학을 설명하기 시작하셨다. 사랑을 하면 기호학자가 된다는 말은 누구나 사랑을 하면 자신의 행동에 의미를 담아 표현하기 시작하고 상대의 모든 말과 행동에 의미를 부여하며 해석하려 한다는 뜻이다. '왜 나만 보고 웃는 거지?', '방향이 다른데 왜 굳이 나랑 같이 가는 거야?', '뭐야, 아메리카노를 안 마신다더니 내가 마시니까 따라 마시는 거 아냐?' 하고 남몰래 마음을 키우는 것이다.

이 의미 작용이 송신자와 수신자 간에 동일하게 일어난다면 참 좋겠지만 그렇지 않은 경우도 많아서 연애의 기호학은 가장 어려운 학문이 아닐까. 게다가 그 순간에는 서로 통했을지 모르지만, 시간이 지나 의미가 변하기도 하니까. 꼭 정답이 없는 질문지를 한 오백 개쯤 받아든 기분이다. 그런데 아직도 잘 모르겠다. 내게 상의도 없이 던져진 그 기호를 잘못 해석한 내 탓인지, 아니면 착각하게 만든 그 사람 탓인지. 어쩌면 그 누구의 잘못도 아니고, 그저 사랑이라는 게 그렇게 생겨먹은 거라 어쩔 수 없이 오해하고 이해하면서 살아가는 것이려나?

어쨌든 사랑을 통해 기호학을 이해시키려던 교수님의 의도와 달리 나는 이 문장 덕분에 사랑을 좀 더 이해하게 되었다. 결국 연애란 모든 의미 있는 행동의 나열이고, 그 모든 행동은 오직 상대방에게만 유효하다는 것. 이 사실 때문에 우리의 연애는 언제나 미궁 속에 빠지고, 해독하기 어려운 암호로 가득 차 있는 것 아닐까. '이번에 개봉한 영화 재밌다던데, 봤어요?'는 '같이 영화 보러 갈래요?'라는 의미이고, '오늘은 집에 들어가기 싫다.'는 '오늘 같이 있어 주세요.'라는 의미인 것처럼 해석이 필요 없다면 우리의 연애는 참 쉬울 텐데.

사랑을 해서 기호학자가 되어버린 당신은 지금 어느 때보다 더욱 신경을 곤두세우며 지내고 있을지도 모른다. 사랑의 모든 기호가 긍정적이지는 않기에 가끔은 그의 말 한마디에 우울해지고, 그의 행동 하나에 천국과 지옥을 오가겠지만 언젠가 돌이켜보면 분명 이렇게 말할 것이다. 누군가를 사랑할 때처럼 온 세상이 나를 중심으로 돌아가던 때는 없다고. 그때처럼 나의 슬픔과 나의 기쁨, 나의 괴로움과 나의 행복을 열심히 맛보았던 때는 없었다고 말이다.

삶의 모든 우연이 운명이 되는 연애의 기호학.
나는 이만큼 낭만적인 삶의 태도는 없으리라 믿는다.

언젠가는 당신도
　　　익숙한 풍경이 되겠지요

언젠가는 당신도 익숙한 풍경이 되겠지요.

눈뜨면 그대가 있는 방 안이 당연해지고,

혼자 끓여먹는 라면이 낯설어지는 그날이 오겠지요.

용건 없는 전화를 하고, 5분씩 침묵이 오가도

수화기 너머 당신의 방에서 들리는

선풍기 돌아가는 소리와 그대가 치는 타자 소리에

같이 있는 것처럼 마음이 편해지는 그날이 오겠지요.

그대의 모든 것을 알지 않아도 내가 불안해하지 않고

나를 다 알려주지 않아도 당신이 어색하지 않은

같이 있어도, 또 떨어져 있어도

우리의 원형은 함께 있는 것이라고 굳게 믿는 그날이 오겠지요.

공기가 있어 숨을 쉬듯, 햇빛이 있어 낮이 오듯

당신이 있어 내가 사는 그런 날이,

여전히 죽을 것처럼 사랑하진 않아도

살아 있는 한 내가 사랑할 사람은 그대라고

작은 목소리로 고백하는 그런 날이 오겠지요.

매일 그대가 있음에 감사하지 않아도

문득 당신의 존재가 사무치게 감격스러운 그런 날.

오늘이 바로 그런 날이에요.

연애 경험이
얼마나 되세요?

　연애에 관해 묻는 몇 가지 상투적 질문 중 하나가 "연애 경험이 얼마나 되세요?"라는 질문이다. 살면서 이 질문을 한 번도 들어보지 못한 사람을 찾아보기란 어려울 것이다. 그만큼 우리가 남의 연애에 관심이 많고 그중에서도 연애 경험이 얼마나 되는지에 대해 알고자 하는 욕구가 크기 때문이다. 나도 왜인지는 모르겠다. 그냥 살다 보니 나 역시 "연애 경험이 얼마나 되세요?"라는 질문을 던지게 된다. 조금 달라 봐야 "지금까지 얼마나 만나봤어요?" 정도다.

　생각해보면 꽤 실례가 될 수 있음에도 우리는 초면에 이런 질문을 곧잘 던진다. 특히 소개팅하는 자리 가급적 연애를 전제로 한 어색한 자리 에서 종종 꺼내는 질문이기도 하다. 아마 연애 경험이 내포하고 있는 수많은 이야기로 어색한 대화의 공백을 채워보려는 미끼일 수도 있고, 순수하게 이 사람과 연애를 해보고 싶다는 생각에서 나온 호기심 가득찬 궁금증일 수도 있다. 이유야 어찌됐든 우리가 이런 질문을 맞닥뜨렸을 때 당황하는 이유는 대체 연애 경험의 횟수를 어떻게 헤아려야 하는지에 대한 기준이 명확하지 않기 때문이다.

한 사람을 만나고 헤어진 경험이라면 모두 다 세야 하나? 그럼 좀 많은데. 그중에 손도 안 잡은 인간도 엄청 많단 말이야.

아참, 사귀진 않았는데 썸을 오래 탄 사람은? 연애라고 보기엔 아무래도 미완성인가? 사실 사귀자고만 안 했지 할 건 다 했는데.

몇 사람 만나고 헤어진 경험이야 있지만 진정한 사랑이라고 부를 만한 건 아직 없는데. 근데 이렇게 말하면 날 가벼운 사람으로 오해하지 않을까?

음… 아무래도 중학교 땐 연애라고 보긴 좀 미성숙하지? 고등학교 이후로 세야겠다!

이렇다 보니 사실 이 질문은 명확한 답을 결코 끌어낼 수 없는 바보 같은 질문이란 결론에 도달한다. 사람마다 기준이 다른 걸 떠나서 나조차도 매번 그 계산법이 달라지니 말이다. 어떤 날은 '사귀자.'에서 시작해 '헤어져.'로 끝낸 모든 사이를 연애 경험이라고 칭하기도 하고, 또 어떤 날은 그 사람 때문에 눈이 퉁퉁 붓도록 울어본 경험쯤은 있어야 사랑이라 부를 수 있을 것 같아 보수적으로 숫자를 잡기도 한다. 또 어떤 때는 설명하기 귀찮고 복잡한 경우의 수는 제외하고 말하기도 하고 또 어떤 날은 가벼운 사람이 되기 싫어서 1년 이상 만난 사람만 세기도 한다. 그러나 거짓말을 한 적은 단 한 번도 없다. 기준이 매번 바뀌어서 그렇지.

사실 상대방이 말하는 연애 횟수는 진짜 그 사람이 몇 명을 만나보았느냐가 아니라 상대방이 나에게 어떤 사람으로 비춰지고 싶은지를 알려주는 지표에 가깝다. 3명 정도라고 이야기하면 너무 가벼워 보이고 싶진 않지만, 그렇다고 너무 숙맥처럼 보이고 싶지도 않다는 의미이고, 1명이라고 말하면 그만큼 연애에 미숙하지만 신중하다는 의미에 가깝다. 5명 이상을 이야기한다면 연애에 꽤 능숙하고 볼 장 다 봤으니 만만하게 보지 말라는 의미일 수도 있다. 10명 이상 얘기한다? 당신과 연애할 생각이 없거나 진짜 생각이 없거나 둘 중 하나다.

그래서 '연애 경험이 얼마나 되세요?'라는 무의미한 질문은 하지 않기로 했다. 또 그 무례한 질문에 혼자 머리를 싸매가며 대답을 고민하지도 않기로 했다. 대신에 연애에 대한 그 사람만의 정의가 무엇인지, 연애를 할 때 삶에서 얼마만큼 자신을 내어주는 편인지, 그리고 혼자만의 시간은 어떻게 보내는지 물어보는 편이 좋겠다. 더불어 '여기 전 남자친구랑 가봤어?'나 '전 여자친구한테도 이 얘기했어?' 같은 '연애 경험'에 해당하는 질문도 삼가련다. 대답을 듣고 무시할 수 있어도 의미 없는 질문인데, 심지어 대답을 듣고 나면 신경 쓰이고 꿍해 있을 것이 뻔하니까. 나뿐만 아니라 이 글을 우연히 읽게 된 당신도 그러하길 바란다. 당신의 쓸데없는 호기심을 채우느라 상대방의 소중한 기억이 불편한 일이 되어야 할 이유는 전혀 없으니까.

사랑은
냉장 보관하세요

　　그와의 연애도 처음엔 그랬다. 나는 무척이나 그를 사랑했고, 또 그 역시 나를 끔찍이 사랑했으리라. 매일 서로를 그리워하고, 어제도 확인했던 서로의 안부를 가장 궁금해했던 날들이었다. 하물며 토요일 낮, 내가 늦잠을 자느라 연락이 되지 않는 몇 시간이 걱정되었던 그가 한달음에 뛰어와 우리 집 문을 두드린 적도 있었다. 그것도 정말 내가 걱정돼서, 내게 무슨 일이 났을까 봐. 그에게 사랑은 그렇게 조심스럽고, 떨어뜨릴까 염려스러운 어떤 것이었다. 그날들이 영원하리라는 순진한 기대 따위를 한 것도 아니었다. 언제나 그렇듯 시간이 흐르면서 뜨끈했던 피자 위의 치즈가 굳어가는 것처럼 그의 마음도 조금씩 원래의 모양을 되찾아갈 테니 말이다. 그리고 조금은 뻣뻣하게 굳어버린 그것이 뜨거운 사랑에 녹아 있던 마음의 원형일 것이다.

물론 안다. 그 설렘과 긴장감이 영원하지 않을 거라는 것을. 하지만 설렘이 퇴색되어 편안함이 되는 것이 연애의 올바른 발효 과정이라면 설렘이 무심함이 되는 것은 부패해버린 것이다. (원래 발효와 부패는 한 끗 차이니까.)

그러니까 사랑은 실온에 두면 안 된다.
사랑은 살아 있는 것이라 숨이 필요하여 공기가 없는 통조림처럼 밀봉해둘 수 없다. 또 언제나 촉촉하게 유지되어야 해서 바짝 건조해둘 수도 없다. 그래서 사랑은 냉장 보관해야 한다. 만약 당신이 매일 들여다보고 사랑에 필요한 효모들 ─ 이해, 배려, 관심과 표현과 같은 ─ 을 잘 배합할 자신이 있다면 상관없다. 그럼 사랑은 잘 발효되어 언제나 내 편이 있다는 따뜻한 위로의 향내를 풍길 것이다. 하지만 조금만 방심해도 부패하여 고약한 악취를 풍기게 된다. 그리고 썩어버린 사랑을 먹지도 버리지도 못한 채 끌어안고 있다 보면 나까지 병들게 하는 균들이 잔뜩 자라나겠지. (이걸 아마도 권태기라고 부르나 보다.)

사랑은 이리도 연약하다. 그래서 사랑을 발효시키는 연애의 과정은 언제나 복잡하고 예민하다. 그러니 각오를 단단히 하거나, 아니면 냉장 보관이라도 해두어 최소한 유통 기한은 지켜주는 것이 서로를 향한 예의다. '사랑은 냉장 보관하세요.'라고 적어두었는데도 그냥 식탁 위에 두어 썩어버리게 한다면, 그건 분명 소비자의 관리 소홀이라 반품도 안 된다.

"사랑은 냉장 보관하세요."

무지에 대한 지각

'무지를 아는 것이 곧 앎의 시작이다.'

인류 역사상 가장 위대한 철학자인 소크라테스가 한 말이다.

그의 말처럼 우리가 의식하는 세계는 코끼리 발목을 바라보 듯 극히 일부분에 불과하다. 다 안다고 생각하지만 정작 아무것 도 모르고 살아가고 있다는 걸 인식하는 순간, 세상을 내 눈으 로 보고 있는 것이 아니라 아주 작은 만화경으로 보고 있었음 을 자각하는 순간 세상은 뒤틀리기 시작한다.

그 사람의 세계를 바라보는 것도 마찬가지다. 한 사람을 만난 다는 것은 그 사람의 세계를 만나는 것과 같은 의미라고 하지만 우리는 결코 내가 아닌 누군가를 온전히 이해하거나 지각할 수 없음을 인정해야 한다. 아마 그가 하는 모든 말의 의미와 모든 행동의 속내를 깨닫는다는 것은 마치 두 발로 지구의 둘레를 재는 것만큼 무모한 일일 것이다. 그에게 묻지 않아도 알 수 있는 한 가지는 그가 내게 뱉은 말보다 입속으로 삼켜버린 말이 곱절로 많다는 것이고, 그가 내게 한 행동의 의미는 생각보다 단순하지만 분명 내 예상과 많이 빗나가 있을 거라는 것이다. 그 사람의 세계에는 내가 알지 못하는 수많은 맥락이 존재하기 때문이다.

'내가 아는 넌 이렇지 않았는데.'라는 말이 얼마나 폭력적인지, '넌 왜 나를 이해 못 해?'라는 말이 얼마나 이기적인지 알고 나면 아마 낯이 뜨거워지는 사람이 꽤 될 거다. 우리가 연애하면서 사랑한다는 말만큼이나 서로에게 많이 뱉는 말이기 때문이다. 상대를 다 알고 있다는 착각, 상대가 나를 다 알 거라는 오만함은 오히려 둘 사이의 간극을 더 벌어지게 할 뿐이다. 그래서 무지에 대한 자각은 연애에서 가장 필요한 진리일지도 모른다. 우리가 상대방을 다 안다고 생각하는 그 시점부터, 내가 내 마음을 모두 알고 있다고 인정해버리는 순간부터 연애가 힘겨워지곤 하니까.

그러니 깨끗하게 인정하자. 나는 상대방에 대해 결코 그 사람보다 더 알 수 없다는 것과 상대방 역시 나보다 나를 더 잘 알 수 없다는 것을 말이다. 그다음은 생각보다 쉽다. 이제 서로에게 조금 더 알려주고, 또 열심히 배워가면 된다.

모르는 건 부끄러운 게 아니다. 모르는 걸 모르는 게 부끄러운 거지.

무의식까지
　　책임질 필요는 없잖아

　어제도 꿈을 꿨다. 최근에 피부과에서 잡티를 없애보겠다고 레이저 치료를 꽤 여러 번 받았는데 없어졌던 잡티가 죄다 올라와 얼굴을 뒤덮는 아주 심각한 악몽이었다. 아침에 꿈에서 깨자마자 거울을 확인하곤 안도의 한숨을 쉬었다. 또 며칠 전에는 내가 꽤 오래 혼자 좋아했던 남자가 나를 졸졸 쫓아다니는 꿈도 꾸었다. 현실에서는 나에게 시종일관 무관심했던 그가 꿈속에서는 얼마나 집요하게 따라다니는지 꿈에서 꿈인 것을 알아차릴 정도였다. 꿈에서 깨어난 후 기대감을 가지긴커녕 꿈에 어떤 의미 부여도 하지 않는 나를 보면서 내 마음이 그 사람에게서 완전히 떠났구나 하고 인정했다.

매일 밤 적으면 하나, 많으면 서너 개 정도의 꿈을 꾼다. 거의 매일 밤이 그렇다. 하도 꿈을 꾸다 보니 사람들이 길몽이라고 말하는 돼지꿈, 똥 꿈, 불 꿈은 며칠에 한 번꼴로 꾼다. 그래서 내가 그런 꿈을 꾸었다고 말하면 '넌 꿈을 하도 자주 꿔서 꿈빨이 약해.' 하고 웃어넘기는 경우가 허다하다. 실제로 로또에 당첨된 사람들이나 꿨다 싶은 대박 꿈을 꾸고 나서도 나는 단 한 번도 로또를 사본 적이 없다. (일확천금 자체를 경계하는 성향이기도 하고.) 게다가 꿈에서 깨고 나서 기억나는 것도 남들보다 훨씬 많아서 등장인물부터 배경, 줄거리, 주인공의 감정까지 대부분의 것들을 세세하게 묘사하는 편이다. 이게 꿈이 맞나 싶을 정도로 말이 돼서 듣는 사람들로 하여금 '꿈 맞아? 지금 말하면서 디테일을 덧붙이고 있는 거 아냐?'라는 합리적인 의심을 살 정도다. 어릴 때는 이렇게 꿈을 꾸는 것이 좋았다. 남들은 잠을 자는 시간에 나 혼자 공으로 하루를 더 버는 것 같았고, 가끔 꿈을 통해 얻어지는 찰나의 깨달음이나 간접 경험 같은 것들이 나의 현실에 어떤 도움을 주는 것 같아 뿌듯하기도 했다. 꿈의 해상도가 높다 보니 꿈과 현실을 헷갈리는 경우도 적지 않고, 내가 사는 현실과 꿈이 반대로 이루어진 건 아닐까 하는 의심을 품은 적도 있다. 꿈과 현실이 비등비등한 삶을 살다 보니 안 좋은 일이 생기면 악몽이겠거니 하면 마음이 편해졌고, 좋은 일이 생기면 꿈이면 어떻게 하지? 하는 불안도 생겼다.

세상을 살다 보니 몰라도 될 것들을 조금씩 알게 되었는데 그중 하나가 꿈이 내가 경험할 수 있는 또 다른 미지의 세계가 아니라 내가 만들어낸 고립된 무의식이라는 것과 그렇기 때문에 꿈은 꿈이 아니라 진짜 내가 사는 현실이라는 진실이었다. 그 사실을 안 뒤로 나는 어떤 꿈을 꾸든 마음이 뒤숭숭해지고 잘 헤어나오지 못하곤 했다. 대부분 나의 무의식은 현실보다 끔찍한 경우가 많았으므로.

꿈이 나의 무의식임을 알고 나서 유일하게 편한 점은 나조차도 내 마음을 잘 모르겠을 때다. 어느 날부턴가 꿈에 반복적으로 그 사람이 나오면 나는 여지없이 내 마음을 인정했다. 눈에 보이지 않는 마음을 가늠하는 데에 그만한 증거가 없기 때문이다. 그래서 나에게 '오늘 네가 꿈에 나왔어.'는 '나 너를 좋아하는 게 확실해졌어.'와 동일한 의미가 된다. 가끔 흘리는 나의 고백인데 사람들은 대부분 대수롭지 않게 '개꿈이네.' 하고 넘겨버리기 일쑤다.

그 누구도 손댈 수 없는 나만 아는 세계. 내가 가장 옳고, 내 감정만이 가장 중요한 그곳. 해상도 높은 Full HD 꿈속에서 나는 선명하게 내가 가장 외면하고 싶었던 나의 진심을 대면한다.

내가 지금 하고 있는 이건 사랑이 아니라 질투였구나.

앞에선 센 척하더니 버림받을까 봐 두려운 거였네.

뭐야, 아닌 척해놓고 온통 신경 쓰고 있었잖아.

어휴…. 혼자 이렇게 음탕한 생각을 했단 말이야?

따지고 보면 연애에 있어 무의식의 역할은 절반, 혹은 그 이상을 훌쩍 넘을지도 모른다. 꼭 연애라 국한하지 않더라도 무의식은 우리가 의식하는 것 너머에 있지만 우리의 의식을 전부 지배하곤 하니까. 그래, 어쩌면 세상은 누군가의 무의식과 또 다른 누군가의 무의식의 합집합이고, 연애는 누군가의 무의식과 또 다른 누군가의 무의식의 교집합이라고 설명해도 좋겠다.

하지만 아이러니하게도 우리는 무의식까지 책임질 필요는 없다. 그리고 이건 참 다행이자 불행이다. 나의 무의식에 책임을 지지 않아도 되니 속 편하긴 하지만, 상대방의 무의식에도 책임을 물을 수 없으니 그저 혼자 속을 삭여야 한다. 그래서 좋아하는 마음, 그리고 멀어지는 마음처럼 내가 의식하지 못하는 채 벌어지는 많은 일들이 우리의 연애를 결정짓지만 결코 그에 책임을 물을 수 없다는 건 조금 씁쓸한 일이다.

마음이 멀어지는 것이 상대방에게 가장 큰 상처를 주는 일이라 할지라도 그건 결코 윤리적으로, 또 도덕적으로도 잘못된 일이 아니라 그조차도 의식하지 못하는 무의식일 뿐이니까.

그러니까 그를 너무 미워하지도 말고, 스스로를 너무 자책하지도 말자.

연애에 일어나는 모든 비극은 그와 내가 모르는 사이에 무의식들이 벌여놓은 짓거리일 뿐이다.

오늘도 어제만큼
아낌없이 좋아요

당신의 친구 이야기를 부연 설명 없이도 이해하는 나와
우리 아빠의 취향을 나보다 더 잘 아는 당신이 좋아요.

나를 실컷 골려먹다가 화나기 직전에 풀어주는 당신이,
그럼 그 간지럽힘에 결국 웃음이 터지고 마는 내가 좋아요.

당신은 필요 없다던 열쇠고리를 기어코 골라와 손에 쥐여주
는 나와
어느새 불안할 때마다 열쇠고리를 매만지는 버릇이 생긴 당
신이 좋아요.

나 때문에 커피 맛을 알아버린 당신이,

혼자 즐겨가던 카페가 이젠 당신 없인 조금 심심해진 내가 좋아요.

자기 옷은 유니클로에서만 사지만 내가 좋아하는 브랜드를 줄줄 외고 있는 당신이,

계절이 바뀔 때마다 남자 옷 가게부터 들르는 내가 좋아요.

덤벙거리는 나 때문에 매번 반 발짝 앞서 걷는 당신이,

자주 체하는 당신을 위해 소화제를 챙겨다니는 내가 좋아요.

나의 사소한 취향까지 꿰고 있는 당신과 당신의 독특한 입맛까지 닮아가는 내가,

문득 당신을 닮은 나를 마주하고 당신에게서 익숙한 내 모습을 발견하며,

그렇게 서로에게 조금씩 잔상으로 남는 그런 연애가 좋아요.

그렇게 붉게 물들어가는 우리가,

오늘도 어제만큼 아낌없이 좋아요.

왜냐하면 가을은
모두가 외롭거든요

쓸쓸한 가을이 온다. 편안한 티셔츠보다는 깃이 살아 있는 셔츠나 트렌치코트를 찾게 되는 그런 날들이다. 하늘이 높아져서 그런가 괜히 더 공허하고 외롭기도 하여 누가 옆에 없는 사람들은 곧잘 지나간 인연들을 다시금 떠올리게 하는 가을. 당신의 연애는 안녕한지 안부를 묻고 싶어진다.

어느 계절에 연인이 가장 많이 헤어지는지에 대한 통계치를 찾아본 적이 있다. 재미있게도 3월과 12월 중순에 가장 많이 헤어지더라. 밸런타인데이나 만우절에도 급격히 헤어지는 커플의 수가 늘어났고, 또 여름 휴가철에도 꽤 수치가 올라갔다. 아마도 서로에게 기대하는 것이 많아질수록 헤어짐이 늘어나는 듯한 추세였다. 만약 기념일이라는 문화가 존재하지 않았다면 연애의 유효 기간은 기하급수적으로 늘어났을지도 모를 일이다. 하지만 그보다 더 내 눈길을 끈 것은 9월부터 10월 말, 그러니까 가을에는 그 어느 때보다 수치가 전체적으로 낮다는 점이었다.

왜냐하면, 가을은 모두가 외로우니까. 솔로도 외롭고, 커플도 외로운 계절이니까.

그래서 가을이 되면 '이 시기만 지나고 헤어져야지.' 하고 가을 잠을 자는 커플이 많은 것일까. 우리의 만남이 이어지는 이유가 사랑 때문이 아니라 가을바람 때문이라고 하면 조금 서글프겠지만 사실인 것을 어쩌랴. 서로의 외로움을 다른 데서 채우지 않는 것만으로도 감사해야 하는 자유연애 시대를 살고 있는 우리 아닌가.

원래 손에 얻지 못한 것을 가지는 것보다 손에 쥔 것을 놓는 일이 몇 배는 더 어렵다.

떨어지는 낙엽만 봐도 센치해지는 가을만큼은 외로워서 나를 꼭 쥐고 있는 그 사람에게 서운함을 내비치는 대신 '원래 가을은 모두가 외로운 계절이니까.' 하고 묵묵히 그 계절을 함께 보내주면 어떨까? 연애도 매번 뜨거우면 놓치기 마련이다.

연애는
봉사 활동도
취미 생활도 아니다

    나는 연애에 한없이 진지한 사람을 좋아한다. 그건 나 또한 그런 사람이기 때문에 동질감을 느껴 끌리는 걸 수도 있고, 어쩌면 가벼움에 상처받지 않기 위한 방어기제일 수도 있다. 나는 연애를 시작하는 순간 연애를 삶의 우위에 두는 편이고, 연애하는 만큼은 상대방에게 가장 좋은 것을 주는 것이 옳다고 믿는다. 여기서 짚고 넘어가야 할 것은 '연애가 삶의 우선순위가 된다는 것'은 내 삶을 채우고 있던 모든 것을 저만치 미뤄두고 연애에 올인한다는 의미가 아니라, 내가 꼭 해야 하는 것 이외에 하고 싶은 것을 나의 연인과 제일 먼저 하려고 노력하는 것을 의미한다. 가령 요즘 가장 핫해서 한 시간은 기본으로 줄을 선다는 맛집, 나 빼고 다 가봤다는 전시회, 평소에 내가 가장 좋아하던 가수의 콘서트 같은 것 말이다. 물론 시간이 맞지 않아서, 취향이 너무 달라서 함께할 수 없을지라도 우선순위에 두느냐 마느냐는 꽤 큰 차이라고 생각한다. (쉽게 말해서 그가, 혹은 그녀가 함께하고 싶은지 물어나 보란 의미다.)

만약 그럴 수 없다면, 연인보다 다른 어떤 것이 중요할 수밖에 없다면 나는 그 정도로 박한 마음으로는 연애를 하지 않는 것이 옳다고 생각한다. 연애는 분명 나의 행복을 위해 하는 이기적인 행동이지만 결코 나 혼자서 할 수 없는 관계 지향적인 일이기에 상대방에 대한 존중과 배려가 없으면 안 된다는 생각이다. 원래 내가 생각하는 가장 좋은 것을 주고 싶은 마음이 '사랑' 뭐그런 거 아니었나? 아니면 원래 사랑이 그렇게 야박한 것이란 걸 나만 몰랐나?

매번 나의 연애 상담을 해주는 가까운 친구는 내게 항상 조언한다. 너무 연애를 중요하게 생각하지 말라고. 연애보다 일이 중요한 사람도 있고 그건 잘못된 일이 아니며, 연애는 삶의 전부가 아니라 삶의 일부여야 한다고 말이다. 하지만 또 조금 변론하는 것처럼 보일 수 있겠지만 나를 포함하여 연애가 중요하다고 생각하는 부류의 사람들은 절대 연애만 하자고 달려드는 게 아니다. 오히려 자신의 삶에 진보를 위해 연애를 '이용'해도 된다는 취지다. 연애는 삶의 주인공이 아니라 삶의 조력자란 말이다. 그러니까 연애에 한없이 진지한 우리는 연애를 함으로써 일할 때 더 힘을 내서 일하고, 쉴 때 더 편하게 쉴 수 있어야 연애가 제대로 작동하고 있다고 믿는다. 데이트를 하느라 시간을 내는 것이 피곤한 일이 아니라 오늘은 시치는 날이니까 그를 10분이라도 봐야 피곤이 풀리는 것, 일하기 바쁜데 그에게 전화가 오면 귀찮은 것이 아니라 바쁜 와중에 걸려온 1분의 통화에 힘이 번쩍 나는 것처럼 말이다. 만약 당신이 연애를 하느라 일을 제대로 못 한다거나, 연애 때문에 피곤하다면 그건 연애가 오작동되고 있다고 봐도 과언은 아닐 것이다.

연애는 취미 생활이 아니다. 내가 하다가 언제든 그만두고 싶을 때 그만둘 수 있는 일이 아니라는 뜻이다. 일상의 단조로움을 못 참겠다는 이유로 연애를 시작하기엔 연애란 생각보다 복잡하고 어려워서 금방 흥미를 잃기 마련이다. 생각보다 조립이 어렵다는 이유로, 작동법이 복잡하다는 이유로 당신이 흥미를 잃어버린 그 장난감은 대체 무슨 죄란 말인가? 또한 연애는 봉사 활동도 아니다. 사랑이 필요한 누군가를 위해 한 명이 일방적인 헌신하고 배려해야만 하는 것은 봉사 활동이지 연애가 아니라는 말이다. 그러니 상대방을 위해 끊임없이 희생하고 있는 당신은 지금 연애를 하고 있는 게 아니라 봉사를 하고 있는 것이고, 또 그 무한한 배려를 연애랍시고 받고 있는 당신도 한참 잘못되었다는 얘기다. 그렇게 인정이 넘친다면 가까운 곳에 당신의 손길을 필요로 하는 많은 사람들이 있다. 고마워할 줄도 모르는 허튼 데 물질과 정성을 쓰지 마라.

연애를 꽤나 가볍게 생각하고 있던 사람이라면 이 책에 몇 페이지도 못 가서 이렇게 이야기할지도 모른다.

"어휴, 이렇게 복잡한 게 연애라면 안 하고 말지."

그렇다면 나는 성공이다. 연애가 취미 생활이었던 당신이 연애의 복잡미묘하고 오밀조밀한 모양새에 고개를 저었다면 나는 당신의 취미에 희생될 뻔한 몇 명의 어린 양들을 구원한 셈이니까. 그리고 연애를 꽤나 어렵게 이어가고 있는 사람이라면 이 책을 끝까지 읽는 내내 속으로 이렇게 생각할 것이다.

"그래, 이게 연애지."

그렇다면 나는 절반의 성공이다. 나처럼 연애를 어렵고 어렵게 이어가는 사람들에게 위로와 공감을 건네긴 했지만 끝내 우리 연애의 해결책은 주지 못했으니 말이다.

그저 나는 연애를 연애답게 하는 방법을 알고 싶다. 취미 생활이나 봉사 활동이 아니라 연애를 연애 그 자체로 즐길 수 있는 방법을 알고 싶다. 이 책의 마지막 페이지까지 다 쓰고 나면 나는 그 정답을 얻을 수 있을까? 혹시나 이 책의 책장을 모두 넘기기 전에 그 정답을 알아챘다면 내게도 꼭 알려주었으면 좋겠다. (책날개 부분에 이메일과 인스타그램 아이디가 있으니 활용하길 바란다.)

우리의 삶이 바다라면
연애는 파도쯤 되겠지

우리의 삶이 바다라면, 연애는 파도쯤 되지 않을까? 파도는 언제든 왔다 언제든 가고, 물미역을 해안가에 두고 가기도 하며, 모래 한 줌을 끌고가기도 한다. 그렇게 바다가 해안가의 모양을 조금씩 바꿔가듯, 연애의 순간들이 쌓이고 나면 '나'라는 사람의 모습도 어딘가 모르게 조금 바뀌어 있기 마련이다.

문득 궁금해졌다. 한바탕 연애를 끝내고 나면 과연 무엇이 남을까? 방 한 켠에는 그가 선물해준 옷이나 신발, 그리고 몇 장의 연애편지가 남아 있겠지만 눈에 보이는 것보다 중요한 또 다른 무언가가 남아 있다는 느낌을 지울 수 없다. 그건 단순히 '어떤 기억'이 될 수도 있고, 모양이 바뀐 해안가처럼 그가 지나간 후 변해버린 내 모습일 수도 있다.

우리가 변하는 건 그만큼 사랑했기 때문일 것이다. 우리가 누군가의 '한 사람'이 되면 자의에 의해서, 또 타의에 의해서 지금까지와는 전혀 다른 삶을 살게 된다. 삶의 패턴은 물론 머무는 궤적이 바뀌고, 옳다고 믿었던 가치관이나 혼자 고수해오던 전통까지도 아주 쉽고 무색하게 바뀌어버린다. 사랑의 힘이 센 것인지, 아니면 내가 알고 또 믿었던 것들의 힘이 미약한 것인지는 잘 모르겠다. 어찌 됐든 사랑은 속절없이 변화를 몰고 온다. 우리는 스스로 지어진 모습대로 살아가려는 본능(혹은 경향)이 있는데 사랑은 언제나 그 모든 것들을 우습게 뛰어넘는다. 그래서 나는 사랑하기 때문에 변해버린 자신의 모습마저 사랑스럽다면 그것을 진짜 사랑이라고 부르고 싶다. 그건 오직 사랑만 할 수 있는 일이기 때문이다.

우리는 또 언젠가 누군가의 한 사람이 되고, 누군가의 바다에 파도가 되어 살아가겠지? 그리고 나라는 파도가 지나고 나면 그 바다엔 나를 닮은 무언가가 남게 될 것이다. 이왕이면 쓰레기가 아니라 반짝이는 모래알을 남겨주는 파도라면 어떨까? 나중에 다시 꺼내어 추억할 때 '참 아름다운 날들이었지.' 하고 감탄까지는 아니더라도 '그래도 그날들이 있어 지금의 내가 있는 거니까.' 하고 고개를 끄덕일 수 있다면 그걸로 만족할 만한 연애가 될 수 있을 것이다.

그럼 오늘도 '연애하는 삶'을 위하여,
당신이라는 바다에 또 한 번의 아름다운 파도가 일기를.

그럼 오늘도 '연애하는 삶'을 위하여,
당신이라는 바다에
또 한 번의 아름다운 파도가 일기를.

작가와
연애한다는 것에 대하여

지금 이 글을 쓰고 있는 지금, 나는 연애 중이다. 다만 이 글이 세상 밖으로 나와 누군가에게 읽히기 시작하는 그 시점에도 내가 연애 중일지는 확신할 수 없다. 그리고 혹여 연애를 하고 있다 할지라도 지금 내가 만나고 있는 그 사람일지도 역시 단언할 수 없다. 어쨌든 중요한 것은 지금 현시점에 내가 연애를 하면서 이 글을 쓰고 있고, 나와 연애를 하는 그 사람은 연애에 대해 글을 쓰는 한 여자와 연애를 이어가고 있다는 것이다.

연애에 대해 말하는 이와 실제 연애를 한다는 건 어떤 느낌일까? 나는 가끔 상상해본다.

이건 마치 요리사에게 요리를 해주는 것처럼 뭘 내어놓아도 좀 부끄럽고 발가벗겨진 기분일지도 모른다. 어쩌면 자신의 일 거수일투족이 글의 소재가 되진 않을까 염려스러울 수도 있고, 반대로 내 이야기를 글로 써주면 어떨까 부푼 기대를 할 수도 있다. 나의 과거 연애담이 흥미로울 수도 있고 또 거슬릴 수도 있으며, 몰라도 될 것들을 알아버려서 연애가 불편할 수도, 말하지 않으면 몰랐을 것들을 알게 되어서 연애가 더 편해질 수도 있다.

가끔은 이런 나와 연애 중인 그 사람에게 미안해지기도 한다. 어쩌면 나와 연애라는 관계를 공유한다는 것 때문에 남들보다 두 배쯤 고민하게 될 수도 있으니까. 작가를 여자친구로 둔 사람이 몇이나 되겠으며, 또 그중 하필 연애에 대해 글을 쓰는 여자친구를 둔 이는 몇이나 되겠는가. 다행인지 불행인지 그는 이 문제에 크게 맘을 쓰는 것 같진 않다. 크게 예민하지 않은 성격이라 그런 것인지, 나만큼 이 문제를 깊이 고민해보지 않은 것인지, 아니면 정말 나를 이해하고 있어서 그런 것인지 어쨌든 이 문제를 먼저 꺼낸 적은 없었다. 하지만 또 모를 일이다. 이 책을 오목조목 읽게 된 순간이나, 주변에서 여자친구의 연애에 대해 샅샅이 알게 된 기분은 어떻냐 물어오면 그제야 이 문제를 자각하게 될지도 모르고.

이 모든 것이 나의 기우나 오지랖일지도 모르지만 그에게 하고 싶은 말은 딱 하나다. 내겐 지금 당신과의 연애가 가장 낯설고 어려운 일이라고. 이 책에 적혀 있을 수많은 이야기와 생각은 단지 기록일 뿐 정답이 아니라고 말이다. 난 언제나 그랬듯 당신을 배워갈 것이고 그대는 나를 열심히 가르쳐달라고, 그리고 조금 어렵고 복잡한 나를 열심히 배워주기를 바랄 뿐이다.

가끔은 정답이 두 개 같을 때도 있고, 둘 중에서 고민하다 찍은 답이 틀릴 수도 있지만 그래도 나라는 시험지를 포기하지 말아주기를. 그리고 이 책은 그대에게 정답지는 아니어도 적중률이 꽤 높은 기출 문제집 혹은 대대로 내려오는 족보쯤은 될 테니 기쁜 마음으로 받아주기를. 이 책에 적혀 있듯 내게 연애는 이토록 중요한 일이니까, 언제나 나는 내 최선을 다해 당신과 함께하는 시간을 채워가고 또 지켜가고 있음을 다른 사람은 몰라도 당신만은 알아주었으면 좋겠다.

연애 이야기를 쓰는 지금 나와 연애 중인 그대에게 감사와 경의를 표하며.

장난기 많은 사람이
이상형이에요

삶의 굴곡이 너무 깊거나 높아 버거울 때면 혼자 무작정 걸었다. 목적지를 정해두지 않고 하염없이 빠르게 걷다 보면 머릿속에 가득하던 잡념이 어느새 '아오 힘들어 죽겠네.'나 '집에 언제 도착하지?'와 같은 단순한 문장으로 바뀌어 있었다. 그러면 몸은 천근만근이어도 마음은 한결 가벼워지고 그렇게 서네 시간 걷다가 집에 돌아와 따뜻한 물에 샤워를 하고 나면 금새 잠들 수 있었다. 불면증을 달고 사는 내게 이만한 치료법이 있을까. 몸을 혹사시켜 생각을 마비시키는 단순 무식한 방법이지만 생각이 많은 나에게는 잘 통하는 묘책이었다. 하지만 잡념보다 내일 아침 출근과 체력이 걱정인 서른 즈음에 이 묘책은 점점 힘을 잃고 있어 고민이다.

— 2017년 어느 날의 메모

나의 이상형을 한 문장으로 이야기하자면 '장난기 많은 사람'이다. 녹록지 않은 삶의 굴곡을 완만하게 해주는 농담이 종종 그립다. 어떻게 생겼든, 돈이 많든 적든, 옷 입는 취향이 어떻든, 시답잖은 이야기로 말을 거는 사람이 좋고, 내 장난을 받아 치는 사람과 보내는 시간이 즐거웠다. 그들과 있으면 내 몸을 혹사시키며 생각을 덜어내듯 마음의 무거운 짐이 한결 가벼워지는 느낌이랄까? 머리가 아플 때 두통약을 먹는 것처럼 그들의 농담이 지끈거리는 마음속을 달래주었다. 잘은 모르겠지만 실소가 터지는 말장난, 간지럼 같은 아주 원초적인 장난이 주는 그 단순한 웃음이 나를 누르던 삶의 바위를 잘게 쪼개주는 듯했다.

한편으로 생각해보면 장난기는 여유다. 조금 더 여유가 있는 사람이 먼저 장난을 걸 수 있으니까. 그게 의도적이든 무의식적 태도든 마음에 여유가 없는 사람은 절대 장난을 칠 수 없다. 어쩌면 모든 순간 몸에 힘을 주고 살아온 나에게 장난기 많은 사람들이 가진 여유는 동경할 만한 것이었으리라.

하지만 장난기 많은 사람이 곧 가벼운 사람이라는 의미는 아니다. 내가 생각하는 장난기는 영어로는 위트(wit), 한국말로는 해학에 가깝다. 하지만 '저는 해학적인 사람이 좋아요.'라고 하면 좀 애늙은이 같으니까.

　나의 이상형에 대해 적다 보니 이 글을 읽는 당신의 이상형이 궁금해진다. 그리고 나처럼 당신의 이상형도 나의 가장 연약한 부분을 가장 쉬운 방법으로 덮어주는 사람이지 않을까 하는 생각이 든다. 불안이 많은 사람에게는 질투까지도 마음껏 표현해주는 사람이 이상형이고, 너무 섬세한 사람은 세상만사 무덤덤한 사람이 이상형이듯 말이다. 그리고 결국 그 둘은 거울처럼 왼쪽과 오른쪽이 바뀌었을 뿐 결국은 같은 모습인 것일지도 모른다.

　"티끌처럼 가벼운 사람은 사실 그 안에 아주 무거운 돌덩이가 들어 있는 걸 수도 있어요. 가끔 아무 말도 하지 않는 이유가 할 말이 없어서가 아니라 너무 할 말이 많아서인 것처럼요."
　"그런 건 또 어떻게 안대?"
　"주변에 돌덩이를 품고 사는 사람들이 많거든요. 삶의 풍파에 그 돌덩이가 부서지고 또 부서져서 모래가 되면 참 좋을 텐데 어찌나 단단하신지들."
　"그래, 그러고 보면 삶에 파도가 있다는 게 그리 나쁜 일도 아니야. 당장은 파도가 쳐서 좀 버거워도 지나고 보면 예쁜 모래알들을 남겨주잖아?"
　—『연애가끝났다』p. 131

에필로그

이 세상에는 존재하는 만큼의 인간과 그 인간의 수가 만들어 낼 수 있는 경우의 수만큼의 연애가 존재한다. 그리고 모두의 연애담을 글로 풀어놓으면 그것은 곧 연애소설이 되고, 곡조를 붙이면 유행가가 되며, 카메라에 담으면 한 편의 영화가 된다.

어쩌면 세상에 존재하는 모든 사랑 이야기는
우리 연애에 바치는 오마주가 아닐까?

그래서 나 역시 이 책의 모든 이야기의 주인을 나라고 단언할 수 없다. 이 모든 이야기는 나의 연애이자 당신의 연애다. 우리의 연애는 꼭 우리 지문처럼, 귓바퀴 모양처럼 같은 듯 다르게, 다른 듯 같은 모양으로 생겨먹었으니까.

그러니 내가 울었을 때 당신도 울었고,
내가 웃었을 때 당신도 웃었으리라.

이 글을 읽는 모든 이에게 존경과 사랑을 담아 말한다.

여기 어딘가에 당신의 이야기가 있다면, 그 이야기가 바로 당신의 연애에 바치는 나의 오마주라고.

그러니 당신이 이 모든 연애담을 기쁘게 받아주기를.

연애지상주의자 J로부터

낭만적 속물들

1판 1쇄	2018년 12월 3일
지은이	전보라
펴낸이	손정욱
펴낸곳	도서출판 답
출판등록	2015년 2월 25일 제 312-2015-000063호
주 소	서울시 용산구 효창원로 93길 14 8층
전 화	02 324 8220
팩 스	02 6944 9077

이 도서의 국립중앙도서관 출판예정도서목록(CIP)은 서지정보유통지원시스템 홈페이지(http://seoji.nl.go.kr)와 국가자료종합목록시스템(http://www.nl.go.kr/kolisnet)에서 이용하실 수 있습니다.

ISBN 979-11-87229-18-6 03810

* 책값은 뒤표지에 있습니다.